ラ・メ湖のヴァイオリン弾き

フランス・ロレーヌ地方のむかしばなし

川崎奈月

編訳・絵

論創社

もくじ

◉ロレーヌ料理のレシピ

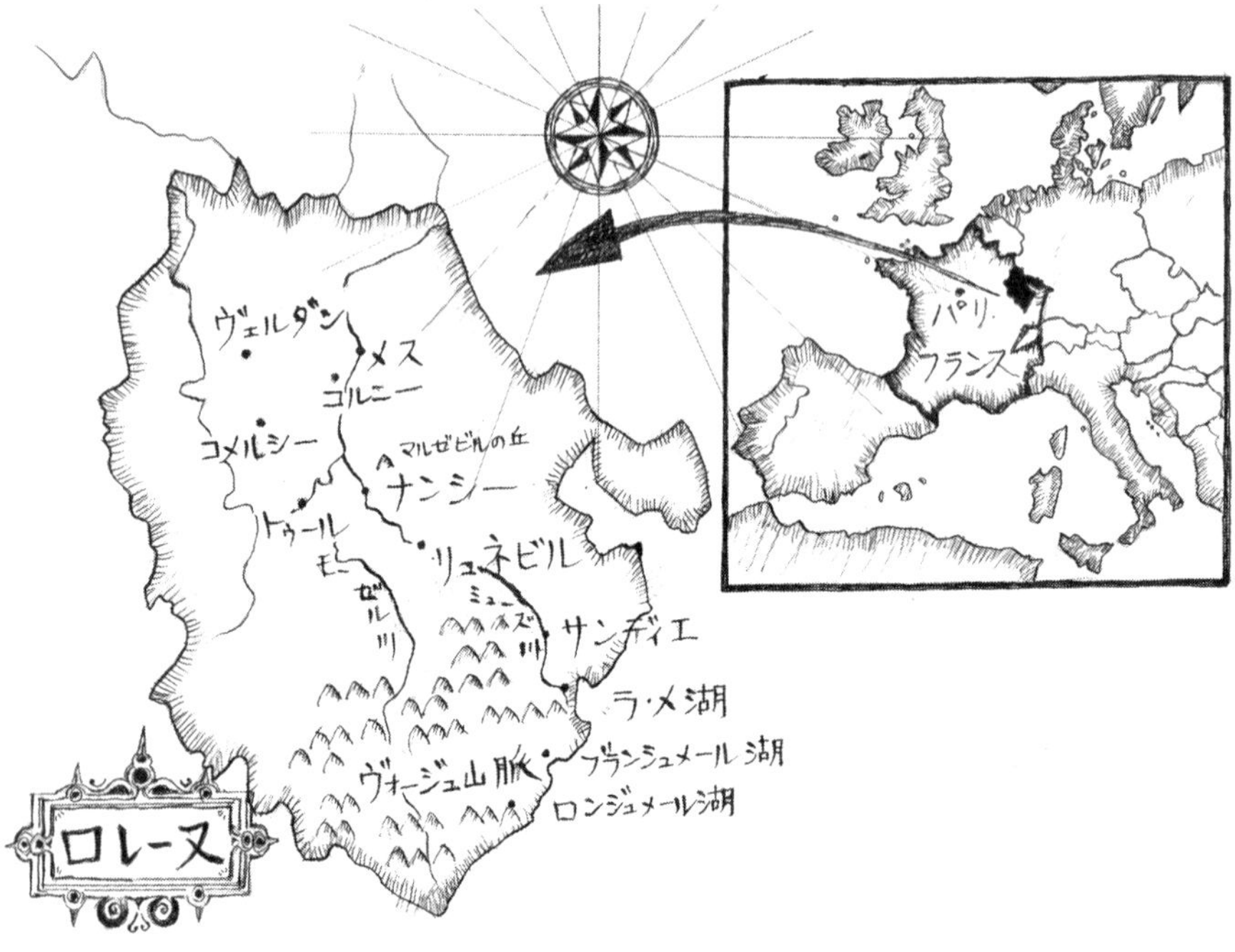

ロレーヌ
ヴェルダン
メス
コルニー
コメルシー
マルゼビルの丘
ナンシー
トゥール
モーゼル川
リュネビル
ミューズ川
サンディエ
ラ・メ湖
ヴォージュ山脈
ブランシュメール湖
ロンジュメール湖
パリ
フランス

一粒のひよこ豆

かしあるところに三人の兄弟が住んでいました。兄弟のお父さんとお母さんは年をとり、死んでしまったので、三人は両親が残してくれたものを分けることにしました。

「おれは粉ひき小屋をもらうことにするよ」

長男は言いました。

「じゃあ、おれは家をもらうことにしよう」

次男が言いました。

「ぼくはいったい何をもらえるんでしょうか」

一番下の弟が最後に聞きました。末の弟はいつも礼儀正しくのんびりだったので、お兄さんたちからは、ちょっと頭がにぶいと思われていました。

「おまえは何が欲しい？　箪笥《たんす》かね？　それとも振り子時計？　でも住む家さえないおまえは、大きな家具をもらっても、どこにも置くことができまい。そら、家の中に入って、何か持ち運びの簡単な軽いものを探しておいで」

　お兄さんたちは笑いながら言いました。末の弟は家の中に入って、何をもらおうかときょろきょろ見渡しました。すると、テーブルの上にぽつんと何かがあるのが目に入りました。それは乾いてからからになった小さな一粒のひよこ豆でした。お兄さんたちもひよこ豆を見つけて、言いました。

「そら、たとえばこのひよこ豆はおまえにぴったりじゃないか。これなら軽いし、宿無しのおまえも、持って歩くのに困ることはなかろう」

「お兄さんたちの言うとおりですね。それでは、ぼくはこのひよこ豆をいただくことにしましょう。これなら軽いし宿無しのぼくが持って歩くのにもじゃまにならないでしょう」

末の弟は、丁寧にお礼を言って、大切にひよこ豆をにぎり、新しい住処《すみか》を求めて旅立つことにしました。

しばらく歩くと日が暮れてきました。末の弟は、どこか寝るところがないかと探しました。少し先に農家があったので、末の弟は家の前まで行って、家の戸をたたきました。中からおかみさんが出てくると、弟は言いました。

「すみませんが、今夜一晩、ぼくと、ぼくのこのひよこ豆を泊めていただけませんか」

おかみさんは末の弟をじろじろ見ました。

「ひよこ豆は泊めてやってもいいでしょう。でもおまえさんはだめだよ。うちにはそんな場所はないからね」

「では、ぼくのひよこ豆だけ泊めてやってください。ぼくはどこでも寝場所を探して寝ることができるから。それでは、明日の朝、ひよこ豆を取りに来ます」

末の弟は大切に持っていたひよこ豆をおかみさんに預けて、戸をしめて出て行きました。

おかみさんは、ひよこ豆を窓のそばの椅子の上に置いて、食事の支度に取りかかりました。しばらくすると家のめんどりがうちの中に入ってきました。めんどりは部屋の隅であちこちパンのかけらを探していましたが、とうとう窓のそばの椅子に置いてあるひよこ豆を見つけると、迷わずぱくっと一口に食べてしまいました。

翌日、末の弟がやってきて戸をたたき、挨拶をしました。

「昨夜はひよこ豆を預かってくださり、ありがとうございました。ひよこ豆と一緒にぼくは旅を続けますので、どうぞ返してください」

「それがそれが悪いことに、ひよこ豆はもうないのだよ。わたしが窓のそばに置いておいたら、うちのめんどりがぱっくりひとのみにしてしまったのだから」

おかみさんがそう言うと、末の弟は大真面目に答えました。

「それでは、代わりにお宅のめんどりをいただきます。わたしのひよこ豆を食べたのだから」

おかみさんは思いがけない答えに、まじまじと末の弟を見ました。このばかげた申し出に驚きながらも、末の弟があまりに丁寧に言うのですっかりおかしくなって、吹き出して、大きく笑いだしました。そしてお腹を抱えてひとしきり笑った後、笑いすぎてこぼれてしまった涙を拭きながら言いました。

「わかりましたよ。それで気が済むのならそのめんどりを持ってお行きなさい。おまえさんに神のご加護がありますように」

末の弟は丁寧にお礼を言うと、めんどりを抱えて、旅を続けることになりました。しばらく歩くと、また日が暮れ、寝る場所を探さなくてはいけなくなりました。また農家があったので、末の弟は戸をたたきました。するとまたおかみさんが出てきました。

「すみませんが、今夜、ぼくとこのめんどりを一晩泊めていただけませんか」

末の弟は丁寧に挨拶をして頼みました。おかみさんが言いました。

「めんどりは泊めてやってもいいけれど、おまえさんを泊める場所はないね」

「それではめんどりだけでも泊めてやってください。ぼくはどこでも寝場所を見つけて一晩を過ごし、明日の朝、めんどりを迎えに来ますから」

そう言うと、末の弟はおかみさんにめんどりを渡して、寝床を探しに行ってしまいました。おかみさんはめんどりを納屋に入れました。納屋には、数匹のぶたがいました。弟のめんどりは一日ゆさぶられて疲れていましたので、干し草がしいてあるぶたの寝床を見つけると、さっそくその上で、気持ちよさそうにうとうとと居眠りをはじめました。ところが、ぶたはそんなところにめんどりがいるとは思わなかったので、いつも通り、どっしり干し草の上に座って眠り込んでしまいました。めんどりは、大きなぶたに押しつぶされ、死んでしまいました。翌日、末の弟がめんどりを迎えにやってきました。

「おはようございます。昨夜はめんどりを泊めていただいてありがとうございました。これからぼくとめんどりは旅を続けようと思うので、どうかめんどりを返してください」

おかみさんは言いました。

「すまないね、うちのぶたがおまえのめんどりを押しつぶして、殺してしまったようなのだよ」

弟は、それを聞いて大真面目に答えました。

「それでは、お宅のぶたを代わりにください。そうでなければ、裁判官のところに行って、お裁きをしてもらいます」

それを聞いておかみさんは震え上がりました。裁判なんてまっぴらと思ったおかみさんは、

「それでは仕方ない。ぶたを連れてさっさと出て行っておくれ」

末の弟は丁寧にお礼を言って、ぶたの首に縄をかけて引っぱり、旅を続けました。一日中てくてく歩き、また夜がふけてきました。弟はさらに少し歩いて明かりのついている農家を見つけると、戸をたたきました。

「すみませんが旅の者です。どうか今晩一晩、ぼくとぼくのぶたを泊めていただけません

か」


　中からおかみさんが出てきて言いました。

「ぶたは納屋の中に入れておけばいいけれど、おまえの泊まる場所はないねぇ」

「それではぶただけでも泊めてやってください。ぼくはどこでも寝る所を見つけて、明日の朝、迎えに来ますから」

　そう言うと、末の弟はぶたをおかみさんに預けて、居心地のよい木の根元を探しに行ってしまいました。おかみさんはぶたを納屋に入れました。

　翌朝早く、このおかみさんの娘が納屋のめんどりにえさをやろうと、納屋に入っていきました。それから娘は、弟のぶたを見つけました。ぶたは娘を見るとキーキーと鳴きました。娘はぶたがのどがかわいて鳴いているのだろうと思いました。そこで、首の縄を引き、家のそばを流れる川まで連れて行き、水を飲ませてやることにしました。ぶたは岸辺から首を突き出し、水を飲もうとしましたが、土手が急だったので、つんのめりひっくり返って川に落ちてしまいました。娘はぶたを助けようとしましたが、川の流れがはやく、ぶたを連れ去ってしまったので、どうすることもできませんでした。娘がうちに帰ると、末の弟がおかみさんと待っていました。

「ああ、残念だけれどあんたのぶたは、水を飲もうとして川に落ちちゃったの」

　娘は弟の顔を見ると言いました。

「それでは、ぶたの代わりにお嬢さんをいただいてまいります。でなければ、裁判所に行って、お裁きをしてもらいます」

弟は言いました。それを聞いておかみさんとだんなはすっかり腹を立てました。

「なんだと、わたしらの娘をぶたの代わりに連れて行くと言うか。そんな取引がいったいどこにあるというんだ」

でも、弟は頑《がん》として譲りません。そのやりとりをしばらく聞いていた娘が、とうとう言いました。

「お父さん、お母さん。わたしはこの人について行ってもかまやしないわよ。とても礼儀正しいし、真面目でいい人のように思うんですもの。この人がわたしをお嫁さんにしたいと言うのなら、それもいやじゃないのよ」

おかみさんとだんなはすっかり驚きましたが、なにしろ娘がそう言うし、末の弟も引き下がらないので、とうとう二人を一緒にさせることにしました。なにしろ、裁判なんてやっかいなことは避けたいですからね。

こうして、末の弟は一粒のひよこ豆のおかげで丈夫でかわいいお嫁さんをもらい、二人で落ち着く場所を探して、真面目に働き、一生なに不自由なく幸せに暮らしたそうです。お嫁さんも後悔しなかったということですよ。

おおかみとスープ

ロレーヌの南にはヴォージュという地域があります。ここは天にもとどくような高い山がたくさんあり、その山々は背の高い木々がたくさん生えた深い深い森におおわれています。そんな深い森の中に、一人のきこりが住んでいました。きこりの名前はウスタッシュといいました。

　ウスタッシュは毎日、肩に斧をかついで、森に木を切りに出かけました。このあたりのきこりの仕事は、まっすぐにのびた大きな木を切り倒すと、枝を切り落としてシュレットに乗せて、麓《ふもと》の村まで運ぶことでした。そうして運ばれた木々は、麓の村や町で美しい家や家具を作るのに使われました。ウスタッシュも毎日、ほかのきこりたちと同じように、木を切る仕事をしました。大きな木を切り倒すのは骨が折れるし、倒した木は重く、きこりの仕事はつらいものでした。でも、一日の仕事を終わらせ家に帰ると、おかみさんのマリーが、いつもおいしそうな夕飯を作って待っていてくれました。マリーと一緒にテーブルに座って晩御飯を食べるのは、ウスタッシュが一日のうちで、一番楽しみにしている時間でした。

ある日のこと、ウスタッシュはいつものように山に行き、木を切り倒しました。暗くなってきたので、家で使うだけの薪《たきぎ》を集めて籠に入れて背負い、家路に着きました。でも、その日は、ウスタッシュの後ろには、お腹をすかせた灰色のおおかみが一匹、そっとついてきていたのです。ウスタッシュは、きこりの仕事で疲れ、後ろからついてくるおおかみにはまったく気がつきませんでした。

ウスタッシュは、いつものようにマリーが待つ、小さな家にたどりつきました。ウスタッシュは、家の裏にある小屋に薪をおろし、明日のために斧の手入れをしました。そのあいだ、灰色おおかみはそっとマリーのいる家の中にしのびこみ、大きな木箱のうらに隠れました。家の中では、マリーが乾いた洗濯物を一生懸命たたんでいる最中でした。マリーの作ったおいしそうな晩御飯が、暖炉の鍋からおいしそうなにおいを家じゅうにただよわせていました。

灰色おおかみは、すぐにマリーを食べてもよかったのですが、かまどにかかった鍋に、いったい何が入っているのかが、気になりました。暖炉の上からつるされた大きな鍋のふたは、グツグツと音を立てて、カタカタと浮き上がるのです。そのたびに、灰色おおかみが今までかいだことのない、おいしそうなにおいがしました。そのにおいをかぐだけで、灰色おおかみの大きく開けた口からは、よだれが出てきました。

そんなわけで、灰色おおかみはウスタッシュとマリーが、一日の終わりの雑用を終え、テーブルに着くまで、耳をピンと立て、じっと待っていました。とうとうウスタッシュが台所に入ってきて、テーブルの椅子を引きながら言いました。

「ああ、今日の仕事もやっと無事にすんだ。晩御飯はいったい何かね」

マリーは、鍋のふたを持ち上げ、中味をかきまぜながら答えました。

「一日、ごくろうだったね。ぶたの燻製《くんせい》を入れたおいしい豆スープだよ」

「それはうまそうだ」

ウスタッシュは言いました。灰色おおかみもそう思いました。

（まずあのスープというものを食べてやろう。そしてその後にきこりを、女は逃げ足が遅いだろうから、最後にとっておこう）

そう決めたとたん、おおかみは木箱の後ろから、テーブルの上にうなり声を上げながら、飛び出しました。びっくりしたウスタッシュは大声で叫びました。

「マリー、スープだ。熱いスープをこいつにぶっ掛けろ！」

マリーは、あわてて熱いスープがたっぷり入った鍋をウスタッシュに渡しました。ウスタッシュは煮えたぎるぶたの燻製入りスープを、灰色おおかみの顔めがけて投げました。頭から煮えたぎるスープをかぶった灰色おおかみは、何が起こったのかもわからないまま、ぎゃっと叫んで窓から飛び出して、一目散に森の中に逃げていきました。

それから少したったある日のこと、ウスタッシュはいつものように山に木を切りに行っていました。いつのまにか仲間のきこりは帰ってしまいましたが、ウスタッシュはあまり一生懸命だったので、一人になったことに気がつきませんでした。

そんな一人になったウスタッシュを食べてやろうと、五、六匹のおおかみがそっと近づいてきました。ウスタッシュがやっとおおかみたちに気がついたのは、最初のおおかみがウスタッシュに飛びかかろうとしたちょうどそのときでした。

「あっちに行け！」

と、ウスタッシュは、おおかみを遠ざけようと、手に持っていた斧をめちゃくちゃに振り回しました。でも、おおかみは何匹も、入れ代り次から次へとやってきます。そしてむちゃくちゃに振り回したので、斧もどこかへ飛んでいってしまいました。ウスタッシュは、そばにあった高い木の上へと登りはじめました。

ウスタッシュは、木に登っている間に、おおかみたちがあきらめてどこかにいってくれないかと願いました。でも、一匹のおおかみがその背中に、次のおおかみがその背中に乗り、また次のおおかみがその背中に……とおおかみたちは、はしごをつくり、ウスタッシュの足元まで登ってきたのです。ウスタッシュは足を引っ込めましたが、おおかみの吐く息はすぐそばまでせまってきました。前足を伸ばせばウスタッシュに届いてしまうでしょう。ウシュタッシュは、ああ、神さま！　と思わず天を仰いで、祈りました。

ウスタッシュがもう一度、おおかみを見下ろしたとき、目の前のおおかみが、顔にやけどを負っていることに気がつきました。このおおかみは、あのとき家へ来て熱いスープを浴びせかけられた灰色おおかみだと、ウスタッシュはすぐに気がつきました。灰色おおかみが前足を振り上げたちょうどそのとき、ウスタッシュは、とっさに叫びました。

「マリー、早く！　スープだ！」

その言葉を聞くなり、灰色おおかみはぎゃっと叫ぶと、前足で顔をおおって、はしごから飛び降りました。そしてそのまま、尻尾をまいて、きゃんきゃんと叫びながら、深い森の奥へと逃げていってしまいました。残りのおおかみたちも何がおこったのかわからない

まま、一番大きい灰色おおかみの後に続き、森の中へ逃げていってしまいました。
　きこりのウスタッシュは、それからしばらくして、ゆっくりと木からおりました。そして先ほど、振り回して飛んでいってしまった斧を見つけ、拾い上げると、肩にかついで、マリーの待つ、森の小さな家へ帰っていきました。
　灰色おおかみは今でも、森の中を逃げ続けているという話ですよ。

（注　シュレット……ヴォージュ地方で使われた木のソリ。木材運搬用のソリで盤木の敷かれた土の上を滑走させ森から麓まで運ぶ）

おおかみのキス

むかしむかし、ナンシーにジャンヌ・ドゥ・ヴァデモンという名前の美しいお姫さまがありました。ジャンヌのおじさまはロレーヌ地方を治める公爵《こうしゃく》さまでした。ジャンヌはおじさまの住むナンシーのお城で一緒に暮らしていました。ジャンヌはとても美しく、やさしく、明るい娘でした。ですから、お城に住む人たちは、みんなジャンヌが好きでした。ただ、ひとつの欠点といえば、ジャンヌがあまりにも向こう見ずで、怖いもの知らずだったことでした。ジャンヌは、その当時のふつうのお姫さまたちのように、お城の部屋の中で静かに刺繍《ししゅう》をして過ごすよりも、剣を持って遊び、戦いごっこをしたり、合戦を夢見たりするほうが、ずっと好きでした。ジャンヌのご先祖さまたちも、一族の男たちも、みな恐れを知らない果敢《かかん》な騎士や、勇猛な領主ばかりでした。ジャンヌも、そんな一族の男たちのようになりたいとこっそり思っていました。だから、男の子のような遊びやいたずらをして、お付きの侍女たちを困らせてばかりいました。

ある春の日のこと、ジャンヌは侍女や見張りの目を盗んで、こっそりお城を抜け出すことに成功しました。その当時はまだ戦いがあちこちであり、敵がどこにひそんでいるかもわからなかったので、お供もつけずにお姫さまが一人でお城から抜け出すのは、とても危険なことでした。でも、ジャンヌはそんなことはへいちゃらでした。ジャンヌは冒険を楽しみながら、手に籠《かご》を下げて、足取りも軽く、町外れにあるマルゼビルの丘を抜け、そのまた奥にある森へと向かいました。春の光に草木の芽が揺れ、小鳥たちがさえずっています。お城で着ていた美しい服はとっくに脱ぎ捨てて、質素な身なりをしていました。通り過ぎる村人がお城のお姫さまとも知らず、声をかけました。

「おじょうちゃん、ご機嫌だね。どちらへ？」

「森へ行くの。スズランを摘みに行くの」

ジャンヌは籠を振り回し、踊りながら答えました。

「森へ？　森へ行くならお気をつけ、おじょうちゃん。おおかみがうろついているかもしれないよ。食べられないように、お気をつけ」

「おおかみなんか怖くないわ。もし食べられそうになったら、そいつの喉をかき切ってやるから」

ジャンヌは笑いながら勇敢に答え、うきうきしながら森へ向かいました。

森の中には木漏《こも》れ日があちこちに落ち、きらきらと光っていました。苔むした緑の石や切り株はやわらかくここちよく、新緑のしめった植物の香りが森中に立ち込めていました。白い頭のきのこが顔を出し、水溜りではカエルがケロケロとジャンヌを歓迎しました。樫《かし》の木の根元に、ジャンヌはスズランがびっしり固まって生えているのを見つけて、大喜びで摘み、いくつも花束を作って籠に入れはじめました。

スズランを籠いっぱいに詰めたころ、ふと顔を上げると、森には先ほどのようなきらきらした木漏《こも》れ日はなく、小鳥の鳴き声もなく、しんと静まり返っていました。風がざあっと吹き、木の葉を鳴らし、ジャンヌはその静けさにぞっとしました。そのとき、落ち葉を踏みしめるカサリという何者かの足音を聞いて、ジャンヌは震えそうになる声を抑えて言いました。

「おおかみや、そこにいるのはおまえなの？」

でも、むこうの大きな樫の木の幹の陰から出てきたのは、一人の男でした。それはアルマン・ドゥ・デュールアールという名の落ちぶれた、かつての領主でした。アルマンは、ジャンヌのおじさま、ロレーヌ公爵ルネにかつて戦いに負け、領地を奪われ、それからは、放浪の身となってあちこちをさまよっていたのでした。

「そこにいるのは、ロレーヌ公のめいっこさんじゃないかね」

アルマンは腹黒そうな薄笑いをうかべて叫びました。

「こんな森の中、たった一人で何をしておいででいらっしゃる？　考えなしのきれいなおじょうちゃん！　さあ、今からおまえはおれのものだ。おまえのおじさんが、この俺からとりあげた領地を返すのならば、代わりにおまえを城に帰してやろう。さもなくば、おまえはおれから、ずっと逃れられないのだ」

ジャンヌは手に持っていた籠をアルマンに向かって投げつけ、走り出しました。スズランの花が飛び散りました。

「ここから逃げようなんてことは馬鹿なことだ。お馬鹿な世間知らずのおじょうちゃん。おれはこの森を隅々までよく知っている。領地を取り上げられ、この地に長い間隠れていたのだから！」

ジャンヌは走りましたが、じきに息がきれ、胸が痛くなってきました。どこに隠れても、アルマンはすぐに見つけて追いかけてきました。アルマンの足音がすぐ後ろに迫ってくるのが聞こえました。捕まるのは時間の問題でしょう。アルマンの手がジャンヌの髪を引っ張り捕まえようとしたそのとき、突然、二人は、目の前に、黒い大きなおおかみがいることに気がつきました。おおかみの目はらんらんと光り、真っ赤な口からは大きな舌が垂れていました。そして、おおかみは、どちらを最初に食べようかと、うなり声をあげ、背中を低くして牙《きば》を剝《む》き出しました。ジャンヌは涙を浮かべて叫びました。

「ああ、おおかみよ。お願いだから、助けておくれ。この恐ろしい悪者から、私をまもっておくれ」

おおかみは舌なめずりをして、じりっと前足を動かしました。

「森のおおかみよ。おれより先にこっちのやわらかそうな娘を食べるがいい。そうすれば代わりにおれが王さまになったあかつきには、この森をおまえにやろう」

アルマンもおおかみに叫びました。どちらにしてもジャンヌはアルマンよりもおおかみに近いところにいました。ジャンヌの目から涙がしたたり落ちました。そのとき、奇跡が起こりました。おおかみは飛び上がると、ジャンヌの頭を飛び越えアルマンにのしかかりました。そして、アルマンの喉《のど》を鋭い牙で噛み切りました。あまり突然だったので、アルマンは腰の剣を抜く暇《ひま》もありませんでした。

アルマンを倒したおおかみは、そっとジャンヌに近寄り、ジャンヌの手に頭を埋めました。ジャンヌは泣き笑い、感謝しながらおおかみを抱きしめました。しばらくしておおか

みは顔を上げると、ジャンヌの唇に頭を寄せ、そっとキスをし、そして森の奥へと消えていきました。

ナンシーのお城に帰ったジャンヌは、おじさまのロレーヌ公爵ルネに、森での一部始終を話しました。ロレーヌ公爵ルネは、ジャンヌの話を聞き、今後はおおかみを森で狩ることを禁止すると、おごそかに決定しました。そしておおかみがジャンヌをまもったその場所には、礼拝堂が建てられました。礼拝堂は「おおかみの口」と呼ばれ、長い間、人々がお参りをする場所になりました。「おおかみの口」という名の礼拝堂はいまだにそこにあって、その地方に住む人たちに大切にされているということです。

コルニーの魔女

むかし、ロレーヌの北の街、メスの近くにコルニーという小さな村がありました。そのコルニーの村はずれに、マルグリット・フリオルという名前の小さな、背中の曲がったおばあさんが住んでいました。

　マルグリットばあさんは、村に家族も友達もおらず、あまり付き合いもありませんでした。ですから、ばあさんがたった一人で、どんな風に生活しているのか、村の人たちにはまったくわかりませんでした。マルグリットばあさんが、どこから来たのか、いつからここに住んでいるのかも、誰も知りませんでした。村人たちは、マルグリットばあさんが、一人ぼっちで毎日どんな風に過ごしているのか、知りたくてたまりません。だから挨拶に行ったり、いろんな理由を見つけて、ばあさんの家へ行って様子を探ろうとしました。けれども、マルグリットばあさんは、いつもそっけなく戸口で村人たちを追い返すのでした。

マルグリットばあさんは、雌《めす》ヤギと、壊れそうなあばら家しか持っていませんでした。壊れそうな小さな家の裏には、小さな畑がありました。ばあさんは、そこで少しばかり野菜を作っていました。雌ヤギはやせ細っていたので、たいした乳はとれそうにありません。あばら家のほうも、ちょっとした嵐でもきたら壊れそうなほど、おんぼろでした。

マルグリットばあさんは、そんな小さなうちと、猫の額ほどしかない庭と畑を行ったりきたりして、暮らしていました。村の人たちには、無愛想なマルグリットばあさんが、いったいどうやって食べていけているのか、不思議でたまりません。

「あんな小さな庭では、食べるものなどなにほども作れまい」

「あんな痩《や》せっこけた雌ヤギの乳だけじゃあ、チーズだってろくにできないよ！」

「かといって、どこかほかから食べ物を買っているというわけでもなさそうだし……」

村人たちがマルグリットばあさんの話をすればするほど、マルグリットばあさんの暮らしは謎に満ちているように思えてきました。そして、だんだん村人たちは、ばあさんを気味悪く思うようになり、ばあさんが家と畑を行き来するのを見かけると、なんだか居心地が悪くなるようになりました。そこで、村人たちは、ばあさんの生活の様子をかわるがわるに観察しはじめました。

そうしてみると、ばあさんの暮らしはよけい不気味に見えるのです。ときどき土曜日にはマルグリットばあさんのうちの煙突から、真っ黒い煙がひっきりなしにはきだされました。その黒い雲は村の空を覆いました。

「猫の皮とヤギの角を煮ているみたいだよ」

村人たちはささやきました。でも、煙がひとすじすら流れていない土曜日もありました。謎はさらに深まるばかりでした。

「こんな寒い日に、暖炉の火さえつけていないなんて！　ばあさんは家を留守にしているに違いないよ」

「そういえば、黒い煙が出てこない土曜日は、煙ひとすじない。土曜日は魔女の集会日だと言うよ……」

「ばあさんは、黒い猫も飼っているじゃないか！」

「ああ、あのいやな日つきでこちらを見るやつだね……」

マルグリットばあさんは、誰かを痛い目にあわせたり、呪《のろ》いをかけたりしたことなど、一度もありませんでした。でも、村人たちが気をつけて見ればそれだけ、マルグリットばあさんの生活は気味が悪く見えました。噂《うわさ》はどんどん広がり、村人たちも不安になってきました。

とうとうたまらなくなった村人たちは、裁判所に、ばあさんを捕らえて、ばあさんが本当に魔女なのかどうか、尋問してほしいと、訴えました。

裁判所のお役人はさっそくマルグリットばあさんをひっとらえにやってきました。そして、ほうきに乗って魔女の集会に参加したというのは本当か、と拷問をはじめました。そのころの、裁判所の尋問は大変に恐ろしいものでした。いろいろな道具を使って体のあらゆる場所を痛めつけ、罪がない人たちでも、その痛さに早々に罪を認めるのが常でした。マルグリットばあさんも、例外ではありませんでした。マルグリットばあさんは、恐ろしい拷問の道具を前にして震え上がりました。裁判はどんどん進み、マルグリットばあさんは魔女と決定されました。そのころ、魔女と決められたものは死刑になることになっていました。マルグリットばあさんも、さっそくその翌日の朝に、磔《はりつけ》にされ、生きたまま焼き殺されることになりました。

コルニーの村人たちだけでなく、近くの村の住人たちも、この生きたまま焼き殺されるという恐ろしい魔女裁判のなりゆきを見物しようと集まってきました。娯楽のないこの時代には、そんなことも日常に変化を与える楽しみの一つに数えられたのです！　とくにコルニーの村の住人たちは、気味の悪いマルグリットばあさんを追い出すことができたので大喜びでした。

小さなマルグリットばあさんは、ぐるぐる巻きにされ、しっかり柱にくくりつけられました。ばあさんの足元には、たくさんの藁《わら》と薪《たきぎ》が積み上げられました。そして、マルグリットばあさんの罪が役人によって読み上げられ、いまにも火がつけられそうになったとき、

「お願いでございます」

と、マルグリットばあさんが、叫びました。

「お願いでございます。どうか死ぬ前に、最後の願いを聞き届けてくださいませ」

ばあさんは、続けました。

「わたしのうちの窓辺に小さな机があります。その机の上に編み物をしていた最後の毛糸

の玉があります。この世から消えていく前に、最後に一度、どうかどうか、その毛糸の玉を手にとらせてくださいませ！」

マルグリットばあさんの最後の願いは、なにか恐ろしいものではなく、いたってささやかなものに思われました。ですから、裁判官もかわいそうに思い、願いを聞き届けても良いと、お許しを出しました。さっそく役人がマルグリットばあさんのうちに走って行き、毛糸玉を持って帰ってきました。

毛糸玉は特に変わったところもなく、どちらかというと、ばあさんと同じようにみすぼらしいものでした。ところが、役人が毛糸の玉をマルグリットばあさんの手に渡したとたん、毛糸の玉はものすごい速さでくるくると回りはじめました。そして、その糸は宙を舞い、マルグリットばあさんをあっという間に、豚肉の燻製《くんせい》を作るときのように巻き上げていきました。糸がばあさんの頭まで巻き上がったかと思ったとたん、ぱっと稲妻が光り、次の瞬間、マルグリットばあさんは、いなくなりました。

人々が、ばあさんはどこかときょろきょろ探していると、甲高い笑い声が高いところから聞こえました。人々が顔を上げると、ばあさんがモーゼル川の上、空高く飛んでいくのが見えました。ほうきには乗っていませんでしたが、笑い声も高く、マルグリットばあさんは、雲の向こうに飛んで、最後には豆粒になって、消えていってしまいました。人々がマルグリットばあさんを見たのは、それが最後でした。ばあさんの笑い声は、人々の耳に長くこだましたということです。

ひねくれもののおかみさん

フランボワの村に一組の夫婦がありました。亭主のほうはのんきものでしたが、おかみさんときたら、いつも不機嫌そうな顔で、何から何までひねくれて反対するのが好きな女の人でした。こんなひねくれものの女の人と結婚するなんて、まあどういうめぐりあわせだったのでしょう。

あるとき、亭主が、

「おれたちはいい牝牛がいて、本当によかったなぁ。この牝牛だけは、絶対人には売りたくはないなぁ」

と言いました。

「おやそうですか。わたしはちょうど反対のことを思っていましたよ。わたしゃ、牝牛は乳を搾《しぼ》ったり、えさをやったり、めんどうをかけるばかりだから、すぐに売り払っちまったほうがいいと思っていたところさ」

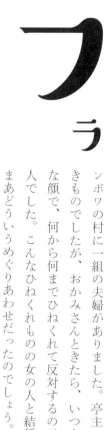

ひねくれもののおかみさんは早速、亭主の言うことに反対しました。そこで二人は牝牛をつれて市場へ行き、おかみさんの言うように牝牛を売ってしまいました。牝牛は結構いい値段で売れました。亭主は、ポケットに入れたお金をちゃりんと鳴らしながら、

「こんだけのお金があるなんて、こりゃいい気分だな。そんだけんど、宿屋に行って、この金でたっぷり飲み食いなんて贅沢《ぜいたく》はできないよなぁ」

と言いました。

「おやそうですか、ちょうどわたしはせっかくお金が入ったのだから、たまには宿屋で食事でもしたいと思っていたところだよ」

おかみさんがそう言うので、二人は宿屋に行ってお腹の皮がはちきれそうになるまで、たっぷり飲んだり食べたりしました。

「ああ、よく食べた。こりゃ、うまかった。でも、お金を使い果たさないように、ビールもう一杯も、食後のコーヒーも飲まないで、おとなしくフランボワのうちに帰ったほうがよさそうだぞ」

亭主が言いました。

「おやそうですか、ちょうどわたしゃコーヒーがほしいと思っていたところですよ。でもおいしいビールも、せっかくだからもう一杯もらいたいから、コーヒーはその後かね」

ひねくれもののおかみさんはそう言って、その通りビールとコーヒーを頼んで、ゆっくり飲みほしました。

帰り道、二人はモーゼル川に沿って歩いていきました。小さな子どもたちが、木の枝にぶらさげたブランコで遊んでいました。

「まさかおまえ、子どもみたいにブランコで遊びたいなんてことは、言わないよなぁ」

「ちょうどそうしたいと思っていたところですよ」

ひねくれもののおかみさんは答えました。

「川のほうに向かってこいではだめだよ。落ちてしまうからね」

「おやまあ、わたしはちょうどそうしたいと思っていたところですよ。川の方が低いから、十分、振り上がっている気がするでしょう」

おかみさんがそう言うので、亭主は仕方なく、二人でブランコで遊ぶことにしました。おかみさんがブランコに乗り、亭主はおかみさんの背中を押してやりました。しばらくすると酔っ払っていたおかみさんは、ブランコから勢い余って川の真ん中にぼちゃんと落ちてしまいました。

亭主はおかみさんの名前を大声で呼びながら、川岸をさかのぼっていきました。少しさかのぼったところで農夫がりんごの実をもいで、籠に入れていました。

「うちのかみさんが川に落ちてしまったんでさぁ。酔っ払ってるから、溺れ死んじまうかもしれねぇ。おめえさん、流されているのを見かけなかったかね？」

「おや、川に落ちて流れてしもうたかもしれんなら、川下を探したほうがいいんでねぇかい？　お前さんは川上にさかのぼっているでねぇか」

「そりゃ、おめえさん、うちのかみさんを知らねぇからそう言うんですよ。うちのかみさんときたらひねくれていて、人の言うこととやることとは何でも反対のことをするんでさぁ！」


（フランボワの小話）

サン・ディエの市場の悪魔

むかしヴォージュの森に、とても信仰が深いと思われていたおかみさんが住んでいました。おかみさんは教会の教えをきちんとまもり、聖書を毎晩読み、日曜日には欠かさず教会の礼拝に行きました。神父様よりもずっとずっと真面目に教えをまもるくらいでした。

悪魔はこの真面目で、おかたいおかみさんのことが、いまいましくてなりませんでした。何度も教えを踏みはずさせようともくろむのですが、いつも失敗に終わっていました。悪魔は、今度はこっぴどくおかみさんをからかってやろうと思いました。

おかみさんは毎週、ヴォージュの町、サン・ディエの市が立つ日に、店を出していました。そこで亭主が、ヴォージュの森に行って、わなや狩りでしとめてきた野鳥や動物を売りに出していました。ちょうどそのときは、ヤマウズラの季節でした。悪魔は、悪魔なりの方法でおかみさんが毎週、市に店を出すことを知っていました。だからこれを機会に、おかみさんにいたずらをしてやろうと思いました。悪魔ってやつは、どうしても自分の力を試さずにはいられないものなのです。

市が立つ日の朝、悪魔は立派に仕立てた服を着て、腹の出た、町の金持ちのだんなさんに変装しました。肩から上等な外套《がいとう》をかけ、磨かれた杖を片手に歩きました。悪魔が市をひやかしながら歩くたびに、ポケットからはちゃりんちゃりんと、景気のよい財布の中味の音が聞こえました。市場の売り子たちは、この金持ちのだんなさんの気を引こうと、さらに声を上げて、品物を売り込みました。悪魔は信心深いおかみさんの屋台にそろそろと近づいてきました。おかみさんも、悪魔が変装した金持ち風のだんなに気がついて、声を大きく張り上げました。

「さあさあ、安いよ。うちの亭主が森で生け捕ってきたばかりのヤマウズラ。脂《あぶら》がのっておいしいよ」

「なるほど、これは立派なヤマウズラだ」

金持ちのだんなさんに変装した悪魔は、籠に入っているヤマウズラの前で足を止め、杖の先で籠の中身をつつきました。籠の中では、十羽のヤマウズラが、杖にびっくりしてギャーギャー騒ぎました。

「そうでしょう、だんなさん。ごらんなさい。こんなにたっぷり太って元気なヤマウズラはほかじゃ見つかりませんよ」

おかみさんはヤマウズラをもっとよく見せようと、籠を突き出しながら言いました。

「ウム、これは確かによく太ってうまそうだ。でも、これはブルヴリウールで獲れたヤマウズラなのかね？」

金持ちのだんなさんに変装した悪魔は、買おうかどうか迷っているふりをしました。ブルヴリウールという場所は、狩人にはよく知られた場所でした。ブルヴリウールは、遠くの森のまたその奥の森の中の、切り立った岩がたくさんある、たどり着くのがとても大変な場所でした。それに、ブルヴリウール森の中には壊れた古いお城の跡がありました。戦いに負けた騎士や、お姫さまの幽霊がそこにさまよっているという、気味悪い言い伝えがありました。だから、狩りに行くにはちょっとした勇気が必要だったのです。

おかみさんは、金持ちのだんなさんの変わった質問に、まごつきました。いったいこのだんなさんは、どうしてブルヴリウールのヤマウズラを欲しがるのかし

らん？　ヤマウズラがブルヴリウールで捕まえてきたものかどうか、おかみさんはわかりませんでした。夫が気味悪いブルヴリウールで、わざわざ狩りをするとも思えませんでした。でも、今日はなんとしてもヤマウズラを売っておきたかったし、とどのつまりブルヴリウールのヤマウズラかどうか、どうやって見分けるというのでしょう。ヤマウズラの味が違うというわけでもなし、このだんなさんがブルヴリウールのヤマウズラがいいと言うのなら、そういうことにしておけばいいじゃないのさ、とおかみさんは思いました。

「もちろんですとも。このヤマウズラたちは全部、ブルヴリウールでとってきたヤマウズラですよ。うちの亭主はいつもブルヴリウールにばかり、狩りに行くんですからね」

金持ちのだんなさんに化けた悪魔は、真面目くさったおかみさんの答えを聞いて、笑いをかみ殺しました。なんだい、まったく平気で嘘がつけるってわけだ。おかみさんも結局、そんなに正直なキリスト教徒じゃないってことさ。

「ブルヴリウールで獲れたヤマウズラなら、ぜひ買おう。いくらだい？」

悪魔はまじめな顔で言いました。

「一羽につき、十スーですよ」

「よしよし、まずは一羽だけもらおう。そいつがブルヴリウールのヤマウズラだとわかったら、残りのヤマウズラも全部もらうことにしよう。それでいいかね？」

「もちろんですとも」

おかみさんは、籠の中から一羽の元気なヤマウズラを選んで、金持ちのだんなさんの前につきだしました。だんなさんは、杖を小脇に抱え、足をばたばたさせているヤマウズラを受け取り、あちこちひっくり返しながら、ポケットから十フランの価値があるくらいの金の塊をこっそり取り出し、誰にも気づかれないようにこっそりヤマウズラの口をあけて、飲み込ませました。

「なるほど、これはいかにもブルヴリウールのヤマウズラに見える。まあ、どちらにしてもすぐわかることさ」

そう言うと、だんなさんに化けた悪魔は、いきなりヤマウズラの首をひねり殺してしまいました。そして、びっくりしているおかみさんの目の前で、ゆっくりポケットから小刀を取り出して、殺したばかりのヤマウズラのお腹を真っ二つに裂きました。ヤマウズラのお腹には、今飲み込んだばかりの金の塊《かたまり》が入っていました。おかみさんは目を丸くしました。だんなさんに化けた悪魔は、ヤマウズラのお腹の金を取り出し、つまんで確かめ、ポケットに入れました。

「いかにも、これはブルヴリウールのヤマウズラのようだ。よろしい、それでは残りのヤマウズラもぜんぶ十スーでわたしがもらうことにしよう」

金持ちのだんなさんに化けた悪魔は、満足して言いました。

「いや、あの……。その……、そうそう、忘れちまっていましたが、そういえばさっき来た奥さんが、このヤマウズラを欲しいからとっといておくれと言ってたんだっけ……」

おかみさんは、あわてて言いました。

「そんなわけで、残りのヤマウズラはだんなさんには売れないんですよ」
「でも、残りもわたしに売るという約束ではなかったのかね」
「そりゃそうなんですが、さっきの奥さんのほうが早かったわけだから、仕方ありませんよ。本当にすみませんねぇ」

おかみさんは、あわてて残りのヤマウズラの入った籠を荷車に乗せ、店じまいして、あたふたと帰っていきました。悪魔はその様子をおかしそうに見ていました。

おかみさんは荷車を押して、ものすごい勢いでサン・ディエの市場から遠ざかりました。それから、街を出たところで、人気がないのを確かめてヤマウズラの入った籠をおろしました。そして、一羽、取り出すと、首を絞め、小刀を取り出して、お腹を切りました。でも、中には何もありません。もう一羽、もう一羽とおかみさんは大急ぎでヤマウズラを絞め、腹をきりました。どのヤマウズラのお腹にも金の塊はありません。

「どれもこれも！　ブルヴリウールのヤマウズラじゃなかった！　ブルヴリウールのヤマウズラは、あのだんなさんに売った一羽しかいなかったんだ！」

おかみさんは、殺してしまって、もう売り物にならなくなったヤマウズラの山を前にして、おいおい泣き出しました。そしてなんだか重たくなったような荷車をひいて、とぼとぼうちに帰りました。悪魔はその様子を木陰でこっそり見て、腹を抱えて大笑いしました。そしてうちでこっぴどく、亭主に叱られるだろうおかみさんを想像して、さらに大笑いをしました。

ブランシュメール湖の妖精

ヴォージュの山深い森の中に、真珠のように輝く、美しいみずうみがありました。ブランシュメールと呼ばれるみずうみでした。切り立った崖を登った、高い山の薄暗い森の中にあるこのみずうみは、しばしば深い霧につつまれました。深い森だったので、人間はあまりやってきませんでした。

あたりに棲《す》む森の妖精たちは、この静かなみずうみの、鏡のように光る水面に姿を映してみたり、ダンスを踊ったりする、と村の人々からは言われていました。


ある日のこと、一人の若く美しい娘が、ブランシュメールのみずうみにやってきました。そして、美しい水を見て、服を洗おうと思い立ちました。娘は、着ていた服を脱いで裸になりました。娘の服は、縁《ふち》に美しい金の飾りがついた、白くて薄い着物でした。娘は裸になると、着物を手にして、静かに歌を歌いながら、みずうみの中に入っていきました。

娘は白い着物をみずうみの水に浸しました。そして、一生懸命、白い布を洗いはじめました。真っ白な着物は、水面に広がり、ますます白く輝きはじめました。娘は満足して、着物をしぼり、しわをのばして、木の枝にひっかけました。そして自分は、着物が乾くまで、と水の中に飛び込んで、水浴びをはじめました。肌をなめらかに流れる冷たい水が、とても気持ちよかったので、娘は、一人の村男が、木の陰から、自分を見ているのにも、まったく気がつきませんでした。

それは美しい風景でした。娘の白い肌はしみひとつなく、透き通るようでした。すらりと伸びた手足は若々しく、濡れた金色の髪は、背中に長く光って腰まで届いていました。しなやかな娘の体を通り抜けていく水の流れが、見えました。村男は、心臓が、高く音を立てて鳴りはじめるのを感じました。娘の歌い声は、小さな笑い声に変わったり、水しぶきにかき消されたりしました。

村男は、もっとその姿をよく見たくなって、そっと足を前に踏み出しました。足元で、枯れ葉がカサリと音を立てました。枯れ葉の音を聞いた娘は、はっと振り向くと、自分を見ていた村男の姿を見つけ、凍りつきました。村男と娘の目が合いました。村男は、その美しい娘の顔を見て、逃げ出すどころか、ますますその見たこともないような美しさに魂を奪われてしまいました。村男は、雷に打たれたように、その場から動けずにいました。娘の顔は、最初の驚きから、怒りに変わっていきました。

「立ち去れ！　おまえが見るものではない！」

娘は怒って、真っ赤になって叫びました。けれど、怒りで燃えた娘の顔は、ますますきれいに見えました。村男は娘の怒り声を聞いていましたが、やはりその場を動けずにいました。娘はさらに声を荒げ、続けました。

「おろかな馬鹿者め。おまえがうちに帰ったら、おまえの家はくずれおちているだろう。おまえは見るべきものではないものを、こっそりと見ていた罰を受けなくてはいけない」

村男はそれを聞いて、急に怖くなりました。そして、やっとくるりと背中を向けると、高い杉の生える森をどんどん下り、逃げ帰っていきました。

村男は、自分の家に帰るまでに、森の中でさんざん迷いました。やっと、家にたどり着いたのは翌日の朝でした。しかし、見慣れたはずの小さな木の家はそこになく、雷の一撃で、真っ黒こげになった燃えかすが、目の前にあるだけでした。

村男はへなへなと座りこみました。そのとき、やっと、昨日ブランシュメールのみずうみで見た美しい娘が、ヴォージュの森に棲む妖精であったことに気がつきました。ぶしつけに自分を見る村男に怒った妖精は、男を罰するためにまじないをかけ、男を道に迷わせ、家に雷を落としたのでした。

それからというもの、噂《うわさ》を聞いた村人たちは、このみずうみを避けるようになりました。それは、姿を見られるのを嫌う、美しい妖精に、困ったまじないをかけられないようにするためなのです。

NAT.

ラ・メ湖のヴァイオリン弾き

むかしヴォージュの深い森の中に、緑のもみの木に囲まれた小さな平野があり、そこに豊かな村がありました。村人たちは正直で、働き者でした。でも、自分たちがあたりのほかの村よりも豊かなのを、すこし自慢する心がありました。村人たちも、自分たちが村をすこし自慢しすぎていると、気がついていました。ですから、あまりいばったりおごったりしすぎないように、教会の礼拝に欠かさず通い、心を戒めるようにしていました。

ある夏の日のことでした。その日は聖ジャンのお祭りの日でした。聖ジャンのお祭りの日は、教会に行って、祈りを捧げなくてはいけません。人々は、教会に行くために、顔を洗い、髪をとかし、きれいな服に着替えました。そして、村の中心の、教会の前にある広場に集まってきました。そんなとき、森の中から続く道を通って、見慣れない男が村にやってきました。男は背が高く、痩《や》せていて、黒い髪に、黒いひげを生やしていました。夏なのに、黒くて長い外套《がいとう》をはおっていました。男が大またで歩くたびに、外套の裾《すそ》がひるがえり、小脇に小さな長細い箱を抱えているのが見えました。

男は村人が集まっていた広場に、迷うことなくまっすぐやってきました。それから、ものも言わずに小脇の箱をおろし、ふたを開けました。中には、きちんと手入れがされ、ぴかぴかに磨かれたヴァイオリンが入っていました。男はヴァイオリンを肩にのせ、弓を取り出しました。そして、今まで誰も聞いたことがないような美しい音色で、静かなダンスの音楽を弾きはじめました。ヴァイオリンの音はやさしく、まるで村人をなぐさめるように、あたりを満たしはじめました。

女たちは、その懐かしいような初めて聞くような調べに知らず知らず、体を揺らしはじめました。一人の若者が我慢できなくなって、ぽんと立ち上がると、そばにいた娘の手を取り、踊りに誘いました。二人は広場の真ん中に躍り出ると、そのまま踊りを続けました。また一組、また一組、と男女は手を取り合い、ヴァイオリンに合わせて、踊りはじめました。踊る相手のいない子どもたちも、飛び出して体を揺り動かしました。けれど、ヴァイ

オリンを弾く黒い男は、踊り手たちには見向きもせず、まるで自分一人のためだけに、弾いているかのように、うつむいたままヴァイオリンを弾き続けました。こうして、広場にいた村人たちは、つぎつぎ、一人残らず、踊りはじめました。

少しして、ヴァイオリンの音は、ちょっと早いダンス曲を奏ではじめました。人々の足は、その曲に合わせて、すばやくステップを踏みはじめました。男が弾くヴァイオリンの曲を、村人たちは聴いたことがありませんでした。けれども、音楽をよく聞けば、拍子に合わせて簡単に足を合わせ、踊ることができます。ヴァイオリンの音は次第にはやくなり、村人たちも音楽に身をまかせ、曲に合わせて踊りました。

そのとき、教会の鐘が鳴りました。

「聖ジャンの礼拝を告げる最初の鐘だ。さあ、早く教会へ行こう」

村の年寄りたちは言いました。けれども、ヴァイオリン弾きは、その声が聞こえないように、目を伏せたまま、弾き続けました。ヴァイオリン弾きの指は、ますます早く飛ぶように弦の上をすべりました。

「まだ最初の鐘じゃないか。この曲を最後まで踊るくらいの時間はあるさ」

「そうそう、教会は逃げないよ」

若者たちは笑いながら、答えました。

教会の二つ目の鐘が鳴りました。ヴァイオリン弾きはますます早く、けれども、ますます聞いたことがないほど美しい音色で弾き続けます。男も女もその調べに、体が揺れ、足

が動き出すのを止めることができません。若者たちは笑い、女たちも、くるくるとスカートをひるがえして回りました。踊りの輪はさらに広がりました。

「さあ、二つ目の鐘だ。あと一つ鳴れば礼拝が始まるぞ」

誰かが、叫びました。誰が叫んで笑っているかも、踊っている村人たちにはわからないくらいでした。笑いと足音が、ヴァイオリンの音とともに、広場をこえ、村いっぱいに響きました。ヴァイオリンの弓は、ますます強く弦をおさえ、音楽の音も、ますます大きくあたりを満たしました。

「人生は短い。毎日は一瞬のうちに過ぎ去っていく。一瞬を楽しもう。さあ、すべてを忘れよう。悲しみも、苦しさも、そして喜びも、楽しみも、すべて忘れよう。忘れることは、なんて甘くて美しいことか」

ヴァイオリン弾きは無言のままでしたが、ヴァイオリンの音が、代わりに村人たちに語りかけているようでした。

教会の最後の鐘が鳴りました。

「友よ、聞きなさい。わたしがあなたたちの本当の味方です」

鐘はそう叫んでいるようにも聞こえました。けれども、踊りに夢中な村人たちの耳には、もう、鐘の音はぜんぜん聞こえませんでした。村人たちは曲に酔いしれ、踊り続けました。ヴァイオリンも、ますます狂ったように響きわたりました。

そのとき、メリメリと大きな音がして大地が裂けました。そして大地の割れ目からは、どっと大水が噴出し流れはじめました。流れ出した大水は、あっという間に、森の中のもみの木に囲まれた小さな平野を満たしました。そして平野の中にあった、村と村人たちもすべて呑み込んでしまいました。大地から噴き出す冷たい水は、それからも噴き出し続け、いっぱいになっていきました。そしてそれはやがてみずうみとなり、あたりを静けさで包み込みました。

ヴォージュの森の中に、緑の森に囲まれて、美しく透きとおった水をたたえた小さなみずうみがあります。ラ・メ湖と呼ばれるこのみずうみは、地元の人々にとても神聖なものとされています。夏が来ても、中で泳ぐことも禁止されています。いまでも、ラ・メ湖のそばに立ち、静かに耳を澄ませば、みずうみの底からヴァイオリンの音と、人々の笑い声が聞こえる、と言われています。

死にたくなかった男

むかしあるところに、男がいました。この男は死にたくありませんでした。死神は、年の順に、村人を迎えにやってきました。ときには、まだ順番ではない若者も、死神は、黒いマントの中にそっと入れ、連れ去っていきました。男は、自分だけは死にたくない、と思いました。そこで、死神から逃れるために、村を出て、死神が追いついてこられないような遠いところに旅に出ることにしました。

男は自分が持っていた小さな家を売り、箪笥《たんす》や仕事の道具もすべて売り払いました。そして、小さな鞄を肩にかけ、革靴をはいて、たった一人で旅に出ました。死神も知らない、行ったこともない場所を見つけ、死から逃れようと思いました。男は、毎日、歩き続けました。疲れても、足が痛くなっても、歩き続けました。お腹がすくと食べ物を買い、お金がなくなると、森の木の実や草を食べて、歩き続けました。

歩いて歩いて歩き続け、疲れ果てた男は、とうとう一歩も前に進めなくなりました。それは、ある晴れた昼のことでした。太陽が照りつける広い荒野の真ん中で、男はばったりと倒れました。男はのどが渇いていましたが、あたりに水は一滴もありませんでした。倒れた男の体に、太陽が照りつけました。そのとき、男の体を大きな黒い影が覆《おお》いました。男は一瞬、不思議な涼しさを感じました。

それは死神でした。死神は岩の上に横たわる疲れきった男の体を、黒いマントの中にそっと包みこみました。そして、またどこかへと静かに姿を消していきました。

エルキューシュ

むかしむかし、ヴォージュの森にはエルキューシュという名前の妖精がいました。妖精というのは、たいてい美しいと思われていますが、エルキューシュはとても醜い妖精でした。体はずんぐりしていて大きく、顔もぼってりしていました。いつも黒っぽい、着古したような不思議な色の服を着ていて、大きな縁《ふち》のある、藁《わら》で編んだ帽子をかぶっていました。帽子の下には、すっかり髪の薄くなった頭が隠されていました。頭の下には、しわのよった額、意地悪そうな目、まがっていぼのついた鼻、乾いたしわだらけの頬、曲がった口、いくつも抜けた歯、とんがったあごがありました。でも、それが本当にエルキューシュの姿だったのかどうかは、誰にもわかりません。エルキューシュは不思議な力を持った妖精だったので、人の前に現れるときだけ、好きなようにさっと姿を変えていたのかもしれないからです。

どんな姿であったにせよ、エルキューシュは人間を困らせるのが大好きな、意地悪な妖精でした。人々は、エルキューシュと出会うとろくなことがない、と噂《うわさ》しました。だから、エルキューシュがよく現れる森や、みずうみなどでは、人々はとくに気をつけました。森を歩いていて、ほんの少しでもエルキューシュの上着のはしが見えたと思ったなら、旅人たちは、すぐに引き返し、森を大回りしてでも、できるかぎり、エルキューシュとは会わないようにしました。たとえそれが寒い冬で、雪がつもった道でおおかみと出くわす危険があったとしても、エルキューシュと出会って、変なまじないをかけられるよりは、よほどましだったのです。

夜になると、エルキューシュは、たいていみずうみで、魔女たちの服やシーツを洗濯していました。洗濯べらでよごれた布をたたき、足でふみつけ、きれいに洗うのです。なぜ妖精のエルキューシュが、魔女たちの洗濯物をしなくてはいけなかったのか、誰にもわかりませんでした。もしかしたら、エルキューシュ自身も、魔女に呪《のろ》われていたのかもしれません。とにかく、このときエルキューシュに出くわしてしまった旅人は、不幸なことになりました。まじないをかけられ、エルキューシュの代わりに、朝まで洗濯べらを打ち続け、濡れて重たくなった洗濯物をひとつひとつ持ち上げ、ぎゅっとしぼって、水を切らなくてはいけないはめになったからです。

洗濯をしないときは、エルキューシュは、知らずに森に入り込んでしまった旅人にいたずらをして、楽しんでいました。まじないをするための魔法の杖を振って、旅人を道に迷わせて、何日も森の中を歩かせたり、同じ道をぐるぐる通らせたり、突然大雨を降らせて困らせました。それがエルキューシュの楽しみでした。

エルキューシュが一番嫌ったのは、不思議なことに洗濯を禁じられているときに、洗濯をする洗濯女たちでした。このころ、キリスト教では豊作祈願の三日間（昇天祭前に行われる）、万節祭（十一月一日の諸聖人の大祝日）の八日間、それからクリスマス（十二月二十五日）から新年にかけての間、洗濯をすることが禁じられていました。この洗濯をしてはいけない間に、教えをまもらず、洗濯をしようとする洗濯女がいたら、エルキューシュは必ずやってきて、杖か枝で洗濯女をいやというまでぶちました。それでも洗濯女が洗濯桶に近づいたなら、その洗濯女にエルキューシュは呪いをかけました。呪いを受けた洗濯女は、その年が終わるまでに、必ず死にました。エルキューシュの恐ろしい呪いのせいで、死んだ洗濯女もいく人もいました。

ある日のこと、エルキューシュのいたずらや呪いに怒った洗濯女たちは、みんなで集まりました。

「このままじゃあ、あたしらは、落ち着いてみずうみに行って、洗濯することもできやしない」

「洗濯しなきゃ、稼げないよ。うちの亭主は病気で仕事ができないのに！」

「エルキューシュさえ、いなければ！」

洗濯女たちは、エルキューシュに仕返しをすることにしました。一人なら怖くても、みんな一緒なら、エルキューシュを痛い目に合わせてやることができるかもしれません。

洗濯女たちは、夜になる前に、エルキューシュがいつも洗濯をしにやってくるみずうみにみんなで出かけました。そして、木陰に隠れて待ち伏せしました。何も知らないエルキューシュは、その晩も、たくさんの洗濯物を抱えてやってきました。

エルキューシュが洗濯物を水につけ、洗濯べらを使いはじめたのを合図に、洗濯女たちは、それっと、いっせいに、持ってきた洗濯桶や洗濯べらを投げつけました。エルキューシュはびっくりして、みずうみに落ちてしまいました。エルキューシュが水から上がってこようとすると、洗濯女たちは、みんな一緒になって、洗濯べらで何度も頭をたたきつけました。

とうとう最後に、エルキューシュは水の中に沈んで、浮かび上がらなくなってしまいました。溺れ死んでしまったのでしょう。洗濯女たちは大声をあげて喜びました。やっと、これで心静かに暮らすことができる！

心静かに、というのはあまり当たっていなかったかもしれません。それからというもの、毎晩、夕日が沈むころになると、エルキューシュが死んだみずうみのそばで、誰もいないのに、ポチャン、ポチャンという水のはねる音が聞こえるようになりました。薄暗い森の中に響きわたる気味の悪い水音は、人々を震え上がらせました。人々は、悲しみに沈んだエルキューシュの魂がみずうみに出て来て、さまよっているのだ、と噂しました。今度は、みずうみに行けば、エルキューシュの迷える魂に呪われ、正気を失ってみずうみに落ちて死んでしまう、という恐ろしい噂も広がりました。

さまようエルキューシュの魂を慰《なぐさ》めるために、一六〇九年、みずうみのそばに小さな礼拝堂が建てられました。それは寒い二月のことでした。この礼拝堂は、聖アンヌを祭った礼拝堂でした。ここで丁寧な礼拝が行われて以来、水音は聞こえなくなりました。そして、エルキューシュがさまようという噂も、聞かれなくなりました。エルキューシュの魂は、聖アンヌに慰められ、やっと静かに眠ったか、それとも満足して天にのぼったのでしょう。

ヴォージュの森のこびと

むかしむかし、ずっとずっとむかしのこと。何百年もの長い長いあいだ、人々はヴォージュの山の森に棲《す》むこびとや妖精たちと、仲よく暮らしていました。

そのころ、人々は、森の木々や岩、清らかな泉や川の流れを大切にしていました。人々は小さな村をつくって、ひっそり暮らしていました。人々は、自分たちが生きるのに必要なだけの動物や、木の実などを森からとって、暮らしていました。村の長や、おぼうさんは、ときどき山のてっぺんに登り、神さまに森の恵みに感謝するお祈りをしました。人々は、神さまが、気が向けば、野生の動物の姿にかわって、山の中を歩いたりするのを知っていました。ですので、むやみに動物を追いかけたり、殺したりすることはありませんでした。こびとたちは、そんな人々の生活を、そっと木陰から見守りました。人々は、妖精の笑い声や、こびとたちが木陰をさっと走りすぎる姿に出くわすと、そっとその場を通り過ぎたものでした。

それから長い時間がたって、刀を腰にさした、いかめしい格好のローマ人がヴォージュの山にもやってきました。ローマ人たちは、たくさんの戦いをして、領土を広げました。ロレーヌの地域でも戦いに勝ったローマ人たちが、ヴォージュの森にもやってきたのです。けれども、そのローマ人たちも時がたつと、去っていきました。森の中は再び静かになりました。そのかわり、野生の動物たちは、安心して、たくさんの子どもたちを生むことができました。春になると、おおかみの子どもたちが野原をころげまわりました。秋になる

と、小鹿の鳴き声が、白い霧の中に響きわたりました。

それからまた何百年かたって、何人かの人間が、ヴォージュの森にやってきました。どもこの人たちは、おぼうさんでした。人里から遠く離れたヴォージュの森の中で、静かに目を閉じて考えにふけったり、神さまに祈りを捧げ、声を聞きたい、とけがれなく願う人たちでした。このおぼうさんたちは、聖デオダ、聖ユデュルフ、それから聖ゴンデルヴュールと呼ばれていました。こびとたちは、このおぼうさんたちが、木々にささやきかけたり、神さまの声を聞こうと、長い間静かに祈りを捧げたり、物思いにふけっているようすを見るのが好きでした。

おぼうさんたちが死んでしまうと、人々はおぼうさんが住んでいた粗末な小屋のそばに、大きな修道院をつくりました。もっとたくさんのおぼうさんが、死んでしまったおぼうさんたちのように立派になりたい、とやってきました。たくさんのおぼうさんが修道院に住むようになると、人々は、修道院のまわりに村をつくりました。村には人が増えました。そして、それは街と呼ばれるくらいに大きくなりました。

街が大きくなると、人々は街を敵からまもるために、石を積み上げて、街のまわりに大きな砦《とりで》をつくりました。

それでも、このころはまだ、人々は、森の中に棲むこびとや妖精のことを知っていました。そして、こびとや妖精のいたずらを怖がっていましたし、その不思議な力を敬ってもいました。だから、農夫たちは時折、家の入り口の戸びらの前に、森のこびとやきつねたちのために、お菓子やミルクを置いてやったりしていました。きこりは、森の小さな空き地に、きれいな花輪をつくって、妖精たちのために置いておいてやりました。そしてきこりたちは、必要なだけの木々を切って、それ以上切ったりしないように気をつけていました。

けれども、街にどんどん人が増え、大きくなっていくにつれて、人々は贅沢《ぜいたく》に、我儘《わがまま》になっていきました。人々は、気まぐれや遊びのために森の恵みを平気でむしりとるようになりました。人々は、森や木や動物よりも、人間のほうがずっと物知りで、偉いのだ、と思うようになりました。

人々は、さらに欲深くなりました。どんなに持っていても、足りない、と思うようになりました。お金持ちも、貧乏人も、我儘な人も、いつも怒っている人も、物知りな人も、頭の悪い人も、それぞれ、欲しいものが、いつも、いくつもありました。ひとつ手に入れても、また次のものが欲しくなりました。

森にへばりついた黒いしみのように、街もどんどん大きくなっていきました。新しいきれいな家がもっと必要でした。大きな家を持っている人は、もっと大きな家が欲しくなりました。そして、それに釣り合うような、立派な部屋と立派な家具が、もっと必要でした。食べ切れないほどの食べ物も、欲しがりました。太った人たちは、もっと美しくて、おいしいものを欲しがりました。

人々は、欲しいがままに森を荒らしはじめました。人々は小麦を粉にするために、小川のあちこちに粉ひき小屋と水車をつくり、水を汚しました。森のあちこちでピクニックをしたり、狩りを楽しみました。

おおかみは、もう野原で静かに子どもたちを育てることができなくなりました。人々の甲高い笑い声や叫び声がヴォージュの森の中に響きわたり、鳥たちも静かに暮らせなくなりました。

ヴォージュの森に棲むこびとたちも、人間たちのふるまいに、腹を立てはじめました。最初、こびとたちは、気をつけるように、と人間たちに知らせようとしました。こびとたちは、狩人のつま先に岩を落としました。いのししたちは、収穫前の麦畑を荒らしました。おおかみたちは、ヴォージュの森を通る旅人の目の前に現れ、歯を剝《む》いておどかしました。けれども、人々には、その理由がわかりませんでした。人々の欲は、そんなことではとどまることはありませんでした。

こびとたちは、今や真っ赤になって、怒っていました。妖精たちは、人々にささやきかけ、話をしようとしました。けれども、人間たちには、妖精やこびとたちの声は、もうとっくのむかしに聞こえなくなっていました。

こびとたちの堪忍袋は、とうとう切れてしまいました。こびとたちの怒りは、岩をくだき、山をまっぷたつに切り裂きました。割れた大地の底から、水が噴き出しました。噴き出した水は、いっぱいになってあふれだし、洪水となって、山から滑り落ち、村や街に次々に襲いかかりました。大地から流れだした大水は、人間たちがつくった砦も、家々も、立派な館も、農場も、狂ったように押し流しました。

妖精たちは悲しみました。そしてこびとたちに割れた大地をもとどおりにして、大水をしずめるようにと頼みました。けれども、こびとたちはあんまり怒っていたので、妖精たちの声に、耳を貸しませんでした。裂けた大地からあふれ出した大水には、さらに勢いがつきました。

死がヴォージュの森を覆《おお》いはじめました。大水は大地にしみこみ、濁流《だくりゅう》となって、木々を根こそぎひっくりかえし、押し流しはじめました。狂ったような水の流れは、人間たちに面白半分に殺された動物たちの魂が、のりうつっているようでした。人々の我儘も怒りも、風の前のろうそくのように消えてしまいました。おもしろがって犬を殴って殺した子どもも、水に流されて死にました。生まれて間もない小鹿に、矢を放って殺した若者も、水に呑み込まれて死にました。森に響いていた音楽や、踊りもなくなりました。けれども、大水は、すべての人間を呑み込むまで、容赦しないように流れ続けました。

悲しみでいっぱいになった、灰色のヴォージュの森をみて、妖精たちは泣きました。ダンスをする木漏《こも》れ日も、風がわたる緑の葉っぱももうなくなってしまいました。みずうみは濁《にご》り、もう姿を映すことはできませんでした。

木の妖精、水の妖精、花の妖精、草の妖精、いろんな妖精たちが集まって話し合いました。こびとの怒りをしずめて、人間たちを助けてあげるのが、よいことなのでしょうか。ヴォージュの森を荒した人間たちには、これは当然、受けるべき報いだったのかもしれません。人間たちを助けてやる必要はなかったのかもしれません。

でも、話し合いの途中で、一人の妖精が、腰に巻いていたきらめくリボンをはずしました。それを見て、ほかの妖精たちも、一人、また一人と体に巻いた美しいリボンをはずしました。すると、リボンとリボンはつながり、七色に輝く虹になりました。その虹は、ゆっくり空にのぼり、大地が裂けた山々をとりかこみはじめました。静かに、ゆっくりと、裂けた大地や岩は閉じはじめ、もとの姿になっていきました。

こうしてこびとたちの怒りで裂けた大地は、もとに戻りました。水はかつてのように、小川の中を静かに流れるだけになり、泉を満たしました。そこここにとどまった池は、きらきらと日の光を浴びて、きらめきました。人々は、この不思議な光景を見て、涙を流し、喜び、そして感謝の祈りを捧げました。そして、妖精たちに、二度と森を荒らして、こびとたちを怒らせない、と固く約束をしました。

ヴォージュの森は元の姿に戻りました。人々はまた、家々をつくりはじめ、村をつくりはじめました。その後の歴史を書いた本を読むと、大洪水の翌年は、いままでにないほどのたいへんな豊作で、麦も野菜もたくさんとれたということです。人々は、それから豊作を感謝して、お祭りをするようになりました。

でも、もし人間たちがまた、こびとたちの棲む森を荒らしたとき、妖精たちは、もう一度人間を助けてくれるでしょうか。それは、わたしにもわからないのです。

（注　ヴォージュの深い森に棲むこびとたちは、オルモンのこびとと呼ばれ、いろいろな伝説やむかしばなしがあります。深い森には、人々を神秘的な気持ちにさせる魔法があるのかもしれません。この話はその中のひとつでとても印象深いものです）

首に気をつけて！

むかしむかし、中世のころ、フランス北西部のブルターニュ地方にランベール・コンスタンという名の王子がいました。

そのころ、フランスから北アフリカに派遣された、十字軍からの帰り道でした。十字軍というのは、キリスト教の国の人たちが、聖地エルサレムを取りかえそうと、イスラム教徒たちと戦った戦いのことです。

ランベール・コンスタンも、サラセン人とたくさんの戦いを勇ましく戦いました。でも、戦いは長引き、兵士たちは疲れきってしまったので、ランベールは故郷に帰ることにしました。今のドイツを通り、フランスのロレーヌ地方を通って、ランベール王子は数人の兵士を連れ、馬を駆《か》りました。

出発のときに、三千人あまりもいた兵士でしたが、激しい戦いののち、たったの百人足らずに減っていました。その百人足らずの兵士も、飢えや盗賊たちの襲撃を恐れて、いつ

も、四、五人の小さな集団に分かれて移動しなくてはなりませんでした。王子たちも数人の集団で、ライン川を渡り、ロレーヌ地方のヴォージュ山脈を越えて、やっとトゥールという街がはるか遠くに見える、というところまでたどり着きました。トゥールの街まで行ければよかったのですが、日も暮れ、兵士たちは疲れきっていました。そこで、トゥールの街から少し離れたところで、野営をして、夜を明かすことにしました。

ランベール王子たちは、小さな丘の麓《ふもと》の小さな小川のそばで足を止めました。そこには、聖母マリアの像がありました。マリア像は木で作られた素朴なものでしたが、このあたりでは奇跡を起こす像として有名で、たくさんの巡礼者が、お祈りにやってくる場所でもありました。けれども、一方こうした巡礼者をねらって、巡礼者や商人に変装した恐ろしい盗賊たちもやってくることで、知られていました。

ランベール王子をはじめ、兵士たちは疲れきり、馬をつなぐと横になるなり、すぐにぐっすり眠り込んでしまいました。夜も更けたころ、その夜も、巡礼者にまじって何人かの盗賊たちがマリア像の足元にやってきました。盗賊たちは、戦い疲れ、汚れてはいても、立派な身なりをした王子にすぐに目をつけました。盗賊の一人が王子の頭を目がけてこん棒を振り上げたそのとき、木のマリア像が叫びました。

『首に気をつけて！』

叫び声に気がついた王子は、はっと目を覚ましました。そして、こん棒を振り上げていた盗賊を足元にたたきのめし、残りの兵士たちを起こすと、急いでその場を去りました。

一年もたたないうちに、王子はこの地に妻や子どもたちと戻り、自分を危機から救ってくれたマリア像に感謝を込めて礼拝堂を作り、その名を、『首に気をつけて（Gare-le-cou）』としました。王子たちはブルターニュに戻りましたが、礼拝堂はそれからこの地方の人々に奇跡をおこす聖なる場所として、ずっと大切にされたそうです。

（注　サラセン人……中世ヨーロッパでイスラム教徒を指す）
（訳注　奇跡を起こす聖母マリアとランベール王子の話は、いくつかのバージョンがあり、これもそのひとつ）

ミラベル

むかしロレーヌ地方のお城に、ミラという名の、美しいお姫さまが住んでいました。このお姫さまは、美しいだけではなく、とてもやさしく、また働き者の方でした。お姫さまは、召使たちに混じって、兵士たちの食事の準備をし、城の掃除など、惜しみなく働きました。

ある日のこと、お姫さまが召使たちと城壁のそばの牧場で洗濯物を干していると、よぼよぼのおばあさんが一人近づいてきました。

「かわいいおじょうちゃん、このばあさんにパンの一切れでも、恵んでくださらんか。もう三日も何も食べておらんのじゃ」

召使たちは、おばあさんのきたなさに顔をしかめました。腰は曲がり、しわだらけ、欠けた歯は真っ黒に汚れて、着古した服はもうどのくらい洗っていないのでしょう、とてもひどい臭いがしました。曲がった鼻に、ずるそうな目は魔女を思わせました。でも、ミラ

は顔色を変えることもなく、笑顔で、

「まあ、かわいそうなおばあさん。どうぞついておいでなさい。パン一切れと言わず、おいしい食事を準備いたしましょう」

それを聞いた老婆の背中は急にまっすぐになり、顔は若々しく、やさしそうに輝きはじめました。着古した服は跡形もなく消えました。おばあさんは、妖精が姿を変えていたのです。美しい妖精は、ミラに微笑みかけながら、魔法の杖を大きくひと振りしました。すると、城の周りにいっぱい生えていた、実のならないはずの木々に、小さな金色の実がびっしりとなり、きらきらと太陽の光を浴びて光りました。

「やさしい姫よ。これはあなたの美しさとやさしさへのご褒美《ほうび》です。この果物は、あなたの名前ミラからとり、これからミラベル（美しいミラ）と呼びましょう」

これがロレーヌ地方の特産物となるミラベルのはじまりなのです。

（注　ミラベル……丸くて小さな黄色いプラム。ロレーヌで世界の七割以上を生産している特産物。日本では西洋スモモと呼ばれる。お菓子や蒸留酒にして食される）

小枝のおくさん

かしあるところに、『小枝』と呼ばれる若い兵士がいました。ひょろっと背が高かったので、そんな風に呼ばれていたのです。

　ある日、小枝は、休みの日に軍のお許しをもらって、ナンシーの街まで行きました。ナンシーの街は、にぎやかで、たくさんの人が行ったり来たりしていました。小枝は、街の中にとても若々しくて美しい娘がいるのに気がつきました。あんまり娘がきれいだったので、小枝は、こっそり娘の後をつけていきました。すると、娘は靴屋の屋台に入りました。小枝は近所の人に、

「あのかわいいきれいな娘は、いったい誰だい？」

と聞きました。すぐに近所のおかみさんが、娘が靴屋の娘であること、まだ結婚していないこと、そしてアンジェリークという名であることを教えてくれました。アンジェリークがまだ結婚していないと聞いて、小枝は思い切って、靴屋に入りました。

「親父さん、靴を直してくれ」

小枝は靴屋の椅子に勝手に座って頼みました。靴屋の親父さんは、つまりアンジェリークのお父さんですが、小枝の長靴を脱がして、靴底を張り替えました。その間、小枝と親父さんは、いろいろおしゃべりをしました。一時間もしないうちに、小枝は、靴屋の親父から、娘との結婚の許しをもらいました。そこで二人はさっそく、結婚式を挙げ、数日間一緒に過ごしました。

休みが終わって、小枝は軍隊の駐屯所《ちゅうとんじょ》に帰りました。それからお許しがあるたび、月に一、二回、ナンシーの街までかわいい妻を訪ねてやってきました。

ある日、今度は大尉が、靴屋の店に長靴を直しにやってきました。そこでかわいい靴屋の娘、アンジェリーク、つまり小枝の妻を見て、かっかと湯気を立ち上らせんばかりに、好きになってしまいました。そして靴屋の親父に娘と結婚させてくれるように、熱心に頼み込みました。靴屋は考えました。そして、小枝より大尉のほうが金持ちだし、力もあるし、義理の息子は一人より二人の方がよかろう、と思いました。靴屋は娘のアンジェリークと大尉をさっそく結婚させました。夫婦は靴屋の近くに、小さな部屋を借りて住むことになりました。大尉も軍隊の仕事が休みになると、アンジェリークと過ごしにナンシーに帰ってきました。

そんなわけで、小枝が次にやってきたとき、アンジェリークは靴屋にいませんでした。靴屋はどう言ったものかと、困りました。そこでアンジェリークは病気の母親のめんどうを見に行っていて、留守にしていると言いました。小枝ががっかりして、靴屋のうちを出て、街をぶらぶらしました。そこへ、近所のおかみさんが、話しかけました。

「かわいそうに、追い出されたんだね。あの親父さんもひどいが、娘のほうもなんと恥知らずなんだろう」

「そりゃ、いったいどういうことで？」

小枝が聞き返すと、おかみさんは、靴屋が娘と大尉を結婚させたことをすっかり話してくれました。小枝はたいそう腹を立てましたが、相手は自分よりも位がずっと高い大尉なので、どうすることもできません。それに、数日後、小枝はアフリカで始まった戦争に駆り出されてしまいました。

アフリカの戦争で、小枝は将軍の命を救い、大尉になりました。それからベドウィンとも戦って、連隊長になりました。それからも何度も何度も戦いに勝って、砂漠の大地にフランスの旗をかかげました。立派な功績が認められて、小枝はパリからの指令で将軍になりました。

小枝はフランスに帰り、パリで少し過ごした後、故郷のロレーヌ地方の司令官となりました。小枝には四人の大尉がつくことになりました。でも、その中で一人だけ、いつも小枝を避けている者がいました。小枝は長い間考え込んでいましたが、その大尉を書斎に呼び出しました。

「大尉、おまえは結婚しているか？」

「いいえ、将軍」

その大尉はもじもじして答えました。

「それは嘘だろう。いますぐここにおまえの妻を呼んでこい」

妻が小枝の書斎に来るのを嫌がったので、兵士が送られました。大尉の妻が部屋に入ってくると、やっぱり小枝はその顔に見覚えがありました。それは、小枝がまだ名もない兵士のときに結婚した、小枝の妻のアンジェリークでした。小枝は大尉を一兵士に降格させ、アフリカの砂漠に配置させました。妻のアンジェリークに関しては、父親の靴屋の屋台に送り返しました。

もし死んでいなかったら、おかみさんは、いまだにサンダルや長靴を直しているでしょうよ。

NAT.

聖アルヌールの奇跡

西暦五八二年、ナンシーの近くの小さな村、レ・サン・クリストフにある立派なお屋敷で、アルヌールは生まれました。アルヌールはそこですくすくと育ち、洗礼もレ・サン・クリストフの教会で受けました。

　アルヌールの両親はたいそう力のある貴族でした。アルヌールは大切に育てられました。少年のころから、アルヌールはとても賢く、真面目でした。若く立派な青年になると、そのころロレーヌを治めていたアウストラシアの王さまは、アルヌールの賢さをたいそう気に入って、都だったメスの近くに呼びました。アルヌールは王さまに気に入られていましたが、いつも真面目で慎《つつ》しみ深いことは変わりませんでした。そしてよく働いたので、アウストラシアのクロテール王は、とうとうアルヌールを大臣にしました。

　アルヌールはたいへん頭のよい大臣でした。アルヌールは貴族にも平民にもとてもよい政治をしたので、とても好かれました。それはこの時代にはとても珍しいことでした。

六一四年、メスの街に新しい司教が必要になったとき、人々は口々にアルヌールさまがよい、と言いました。司教というのは、メスにあるたくさんの教会の中でも、いちばん立派なおぼうさんになって、メスのすべての教会を監督するのです。こうして、アルヌールは大臣でありながら、司教さまになり、政治も信仰もつかさどることになり、とても尊敬されました。

でも、アルヌールは年をとると、世の中の出来事に疲れ、すべてわずらわしくなりました。そこで、すべての立派な位もお屋敷も、ほかの人に譲ると、自分は世を捨て、ヴォージュの森の修道院で、心静かに自然の中で神さまのことを考えながら、質素に暮らしました。そして、ヴォージュの森で静かに死をむかえました。それは、立派なキリスト教徒としての死でした。たくさんの人がアルヌールの死を悲しみました。

アルヌールは、死んだあとはメスのお墓に入れてくれるように、と前々から頼んでいました。そのとき、メスの司教をしていたのはゴエリーというおぼうさんでした。ゴエリーは、ロレーヌにあるヴェルダンやトゥールというほかの街からも、たくさんの他のおぼうさんを集めて、ヴォージュに向かいました。そして、死んで聖者と言われるようになったアルヌールのなきがらのまわりで、お祈りをしたり、歌をうたったり、いろんな儀式をしました。それがすむと聖アルヌールのなきがらは、金や宝石で飾られた棺桶の中に入れられました。棺桶はおぼうさんたちの行列に囲まれ、馬に引かれ、ヴォージュを出発し、メスに向かいました。

ヴォージュからメスまでは遠かったので、一日では歩いていけませんでした。途中、聖アルヌールのなきがらを納めた棺桶を運ぶ行列は、シャルムという丘にある小さな町にたどりつきました。日も暮れてしまったので、ゴエリー司教は、シャルムにある大きな屋敷に、一晩、泊めてくれるようにと頼むことにしました。屋敷の主人が出てきて、聖アルヌールのなきがらを運ぶ行列と知ると、

「それはそれは、さぞお困りでしょう。ぜひ我が家に泊まっていかれてください」

と言いました。ゴエリー司教はさっそく馬を休ませ、おぼうさんたちも長旅で疲れた足をのばしました。屋敷の主人は、さっそく食堂に大きなテーブルを出し、おぼうさんたちをもてなすテーブルの支度を始めました。けれども、しばらくして主人は顔をくもらせて出てきました。

「皆さまに寝床と食べ物をさしあげることはできるのですが、残念なことに、飲み物は小さな樽にビールが少ししか残っていないのです」

主人は申し訳なさそうに言いました。おぼうさんたちはがっかりしました。たくさんのお祈りの儀式があった上に、道は長く、おぼうさんたちはすっかり疲れて、のども渇いていました。コップにいっぱいのビールがあったら、どんなに疲れがとれて、よく眠れるだろう、とみんな思いました。そのとき、おぼうさんの一人が、水をぶどう酒に変えた、ある聖者の奇跡を思い出しました。

「そうだ、聖アルヌールにお願いして、奇跡をおこしてもらうお祈りを捧げよう」
そこで、おぼうさんたちは食事の前に、心を込めて聖アルヌールにお祈りをしました。
テーブルの支度がととのい、みんなが椅子に座り、食事が始まりました。食べるものは十分にありました。そして、不思議なことに、ビールが少ししか残っていなかった小さな樽からは、これまで飲んだこともないようなうまいビールが、くんでもくんでも湧き出てきて、水差しやコップを一杯に満たしました。そして、その場にいた、おぼうさんや屋敷のひとたちののどを、心ゆくまでうるおしました。願いどおり、聖アルヌールは奇跡をおこしたのでした。

それからというもの、聖アルヌールは、ロレーヌ地方のビールの守護聖人となりました。

（注　アウストラシア……フランク王国の東部地方）

（訳注　ロレーヌ地方は、フランスでも有名なビールの産地）

ロレーヌ料理のレシピ

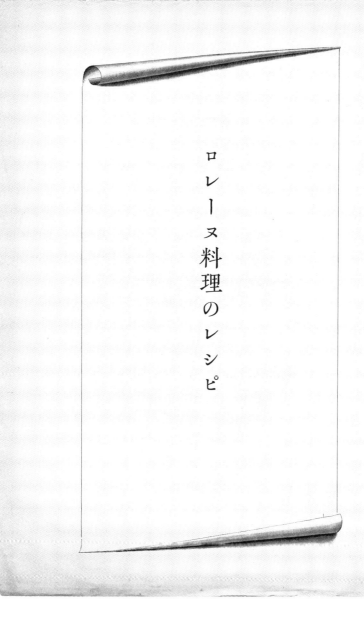

レシピについて

ロレーヌ地方は、フランスの中でもとくに冬が長く厳しい地方です。ですから作られる料理も、体が温まるスープ料理や煮込み料理などが多くあります。野菜は、長く保存ができるジャガイモやにんじんなどの根野菜、そして豚肉の燻製《くんせい》などがよく使われます。調理方法は、暖炉の前に置いた鍋で煮込む料理、そしてオーブンを使った料理が多くあります。

ここでは、ロレーヌ地方に伝わる身近な家庭料理を紹介します。ほとんどはこの地方のおばあちゃまがよく作っている料理で、直接教えてもらったものです。こうした地方料理は、たいてい家族が集まる日曜日に作られます。量も十人分とか、かなりの分量になります。普段は質素な料理が多いフランス人の食卓ですが、大勢のお客さんを呼ぶ日曜日の午後の料理は、数日前から買い物、下ごしらえや煮込みなどの準備が始められます。日本でも作れるものも多く、それほど難しいものではないので、ご興味があったらぜひ挑戦なさってください。むかしばなしに出てくる登場人物たちも、もしかしたら味わったのかもしれない料理かと思うと、ますますおはなしが身近なものに感じられることでしょう。

タンポポサラダ

日本では雑草のイメージが強いタンポポですが、フランスでは、れっきとした野菜として栽培されたものが、お店にも売られています。けれど、おいしいのは、やはり味の濃い春先の野生のタンポポです。

ロレーヌの人たちは、春が来るとバスケットを持って、きれいな野原のタンポポを摘みに行きます。タンポポは春になると庭や野原、牧場などあちこちに芽を出します。このサラダは、まだやわらかいタンポポの葉っぱを集めて作った春の味のサラダ。野生のタンポポの葉っぱは、とても味が濃く、日本の山菜をおもわせます。タンポポはフランスの中でも、とくに北部でよく育つため、タンポポサラダはロレーヌを代表するサラダです。

野生のタンポポの葉をきれいにするのは、少々根気が要ります。葉の根元についた土を丁寧に取り除かなくてはいけないからです。でもロレーヌのおばあちゃまたちは、子どもや孫とおしゃべりをしながらも、手だけはしっかり動かして、どんどん作業を進めます。

日本でもタンポポは江戸時代、救済植物として食べられていたそうです。日本でタンポポサラダをする際には、もともとある在来種のタンポポを選んでください。在来種のタンポポは、苦味もあまりなくサラダにしても食べやすいのです。在来種のタンポポは花の下側に、総包《そうほう》（花を包むようにしている緑色の部分）が、上向きでぴったりくっついています。一方、外来種のタンポポは総包の外片が反り返って下向きになっています。きれいなタンポポを見つけたら、ぜひタンポポサラダを試してみてください。

《材料　四人分》

・タンポポの葉……２５０g
・ベーコンの角切り（なければ薄切りでもよい）……５０g
・ドレッシング
・マスタード……小さじ1
・ワイン・ビネガー（なければうちにあるお酢を）……大さじ1
・オリーブオイル（またはサラダオイル）……大さじ3
・塩、好みでこしょう

《作り方》

1．タンポポはきれいに洗う。根元に土がついていることがあるので、特に気をつけて洗

う。よく水気を切り、3センチの長さに切る。

2. フライパンに少々油をひき、ベーコンを、表面がカリッとするまで、よく炒める。

3. ドレッシングを作る。

・マスタードに塩を入れて混ぜる。

・ビネガーを加える。

・オリーブオイルを混ぜる。

4. サラダボールに、タンポポ、炒めたベーコン、ドレッシングの順に入れる。

5. 食べる前に、ドレッシングにあえる。

《食べ方》

メインの料理の前の前菜として、テーブルにのぼります。サラダにオリーブとにんにくを炒めて作ったクルトンを入れたり、ゆで卵を添えれば、立派なランチに。

ジャガイモ・フライ（ボージュ風）

ジャガイモは、冬が長いロレーヌを代表する野菜のひとつです。長い冬の間も貯蔵することができるジャガイモを使った料理は、ロレーヌにいくつもあります。このジャガイモのフライも簡単にできる上に、あつあつを食べれば、とても体が温まります。腹持ちもよく、ボージュの森の寒い冬を越すのに、ちょうどよい食べ物です。

《材料　四人分》

・ジャガイモ‥‥800g
・卵‥‥2個
・オイル（揚げ物用）
・塩、こしょう
（以下は好みで）
・たまねぎ
・パセリ
・ナツメグ

《作り方》

1. ジャガイモを洗い、皮をむいたあと、細い短冊状におろすおろし器でおろし、ボールに入れる。

2. 卵を割り入れ、かき混ぜる。ボールに入れたジャガイモに加える。

3. 好みでたまねぎ、パセリ、ナツメグを加える。

4. 塩、こしょうを入れ、かき混ぜる。

5. 油を温める。

6. ジャガイモを大さじの大きさくらいの平べったい丸い形にととのえながら、油に入れる。数分揚げ、きつね色になったらひっくり返す。

7. 両面がきつね色になったら、取り出し、キッチンペーパーで油を切る。

《食べ方》

熱いうちに、前菜として、グリーンサラダといただく。

ベーコンとグリーンピースの田舎風スープ

ほかほかと体の温まる、やさしい味の素朴なスープです。むかしは台所に備えつけられていた暖炉の上からスープの鍋がつるされ、一日かけてゆっくりと煮込まれていたのでしょう。パチパチと音を立てて燃える薪に煮込まれたスープは、格別の味だったに違いありません。なじみのある材料をたくさん使ったシンプルなこのスープは、日常的によく食べられていた典型的な料理の一つです。鍋の中のスープが少なくなると、手元にある野菜をまた継ぎ足して何日も食されていました。

一応、レシピとして分量を記しますが、実際は決まった分量はとくになく、各家庭でもそれぞれ違うレシピで作られます。ある野菜をだいたいの分量で入れていくだけの、とても簡単な料理です。

《材料　三人分》

・水……２リットル

・ベーコンの固まり・・・・125g
・白ねぎ・・・・250g
・グリーンピース・・・・125g
・にんじん・・・・約100g
・ジャガイモ・・・・250g
・レタス・・・・半分ほど
・ブーケガルニ（パセリ、タイム、ローリエ、あればエストラゴンなどの香辛料を束ねたもの）
・生クリーム・・・・おたまじゃくしに半分
・塩、こしょう
・固くなったバケット

《作り方》

1. にんじんは皮をむき、5ミリ程度の輪切りにする。白ねぎは、洗って四角に切る。ベーコンは1センチの角切りにしておく。
2. 鍋に水を入れる。その中に、グリーンピース、にんじん、白ねぎ、ブーケガルニ、ベーコン、塩、こしょうを入れ、約2時間煮込む。
3. 2時間後、ジャガイモの皮をむき、角切りにしたジャガイモ、洗って一口大に切っておいたレタスを加える。さらに1時間ほど煮込む。

4．固くなったバケットを1センチに輪切りにしたものをスープ皿に入れ、その上にスープを流し込む。生クリームを最後に加える。

《食べ方》

フランスにはスープを入れる、大きなふたがついたスープ用の鉢があり、それに入れてテーブルに出します。おもてなしのお客様がいない場合は、それぞれのスープ皿に固くなったバケットを薄く切って、直接スープをよそい、フレッシュクリームをのせて食べられています。あつあつのうちに取り分けていただきます。

ポテ・ロレーヌ

ポテ・ロレーヌはロレーヌ地方の伝統料理。日本でもよく知られたポトフとよく似ていますが、大きく違うのは、ポトフが牛肉の固まりを使うのに対して、ポテ・ロレーヌは数種類の豚肉を、たくさん使うことです。一応レシピはありますが、家庭料理ですので、これでなくてはならない、という決まりはありません。そのとき手に入る材料をたっぷり使うのが、おいしく作るコツです。

スパイスがすべてなくても、ソーセージなどの加工肉がすべてなくても、たっぷりの豚肉と野菜、そしてインゲン豆を、ゆっくりコトコト煮れば、おいしく滋味あふれるスープができあがります。

この料理も大きな鍋で作られる家庭料理です。日本で作る場合は、材料を半分の量にしたり、人数に合わせて作ってみてください。また、フランスでしか見つからない数種の加工肉の代わりに、日本でも簡単に手に入るブロックベーコンと粗挽きソーセージなどを使ってみるのもよいと思います。

《材料　六～八人分》

・豚肉の塩漬け……1kg

・ブロックベーコン……100g

・ソーセージの燻製《くんせい》（ソシス・ド・モルトーとよばれるものが使われる）……300g

・キャベツ（ロレーヌでは縮れた葉のキャベツを使う）……1玉

・白いんげん豆……250g

・白かぶ……4個

・ジャガイモ……6個

・にんじん……4個

・たまねぎ……1個

・ねぎ……1束

・ブーケガルニ（セロリ、ねぎ、タイム1枝、ロリエの葉）

・粒こしょう……数個

・丁子《ちょうじ》（グローブ）……数個

《作り方》

下準備

1. 白いんげん豆を水に、12時間つけておく。

2. 塩漬けの豚肉を、大きな鍋に水を張り、中に1時間つけておく。

調理

3. たまねぎの皮をむき、丁子を突き刺しておく。

4. 大きな鍋の中に、豚肉の固まりとブロックベーコン、もどした白いんげん豆を入れる。

5. 4にたまねぎと、ブーケガルニを入れる。

6. 中身が浸るまで水を入れ、火にかける。

7. 沸騰すると灰汁が出るので、おたまじゃくしなどで、取り除く。

8. 弱火にして1時間半ほど煮る。

その間に・・・

9. ジャガイモの皮をむく。白かぶの皮をむき、四つに切っておく。

10. キャベツの葉の汚れた部分を数枚取り除く。四つに切る。

11. 白ねぎの青い部分を取り除き、15センチほどに切っておく。

12. 鍋にソーセージを入れ、ひたひたになるまで水を入れる。30分、中火で煮る。30分たったら、火からおろし、湯に入れたまま冷ます。

白いんげん豆と豚肉を1時間半、煮込んだら・・・

13. ねぎとキャベツ、白かぶを入れて、小一時間煮込む。

14. ジャガイモを加え、さらに20分煮込む。（ジャガイモは煮崩れしやすいので、最後に加える）

15. スープの味見をし、塩が足りないようだったら加える。

できあがったら・・・

16. スープから野菜を取り出し、深みのある大皿に、きれいにならべる。（ゆで汁はスープ、またはその他の料理に使えるので、取っておく）

17. 肉は同じ大きさに切り、野菜の上にならべる。

18. おたまじゃくしで、1、2杯、煮汁を肉の上からかける。

《食べ方》

好みでにんじんを入れてもよい。その際には、白かぶと同時に入れる。好みで、肉にマスタードをつけて食べる。白ワインとともにいただく。

リゾル

ポトフの残りの牛肉を使った、ロレーヌの地方料理です。ポトフは牛肉の固まりとネギ、ニンジン、キャベツなどをじっくり煮込んだ料理で、たくさんの牛肉を入れるとおいしいだしが出ます。リゾルは、ポトフの煮込んだたっぷりの野菜とスープを楽しんだ後、食べ切れなくなった牛肉を使った料理です。長い間煮込んだ牛肉は、味が抜けてパサパサするので、豚のひき肉を混ぜて作ります。

もともとはポトフの残り肉を活用するための料理ですが、日本で作る場合は、牛肉と豚肉の合いびき肉を使えばおいしくできます。パイ皮に中身を詰めるとき、あまり大きな固まりにしたり、分厚くなりすぎたりしないように気をつけてください。そうでないと、中まで火が通らなくて、失敗してしまいます。

《材料　三〜四人分》
・ひき肉……500g
・パイ皮……125g
・卵……1個
・たまねぎ……大1個
・エシャロット……2個（なければ、たまねぎ半個を加える）
・にんにく……ひとかけ
・パセリ少々
・油
・塩、こしょう

《作り方》
1．たまねぎ、エシャロット、にんにく、パセリをすべてみじん切りにする。
2．ボールにみじん切りにした材料、ひき肉、卵、塩、こしょうを入れ、よく混ぜる。
3．パイ皮を直径15センチ、厚さ3ミリほどにのばしたものを、いくつか作る。パイ皮の真ん中によく混ぜたひき肉を適量置き、ふちに少々水を塗って折りたたむ。（餃子の中身を詰める感じ）

4. 油をてんぷら鍋に入れ、熱しておく。油が熱くなったら、肉を包んだパイ皮を揚げる。中温でじっくり揚げること。

5. 表面がきつね色になり、中までしっかり火が通ったら、油から取り出す。

《食べ方》

熱いうちに、レタスなどのグリーンサラダとともにいただく。サラダのドレッシングは、マスタードと酢、オイル、塩、こしょうを混ぜたシンプルなフレンチドレッシングで。

キッシュ・ロレーヌ

ロレーヌで一番有名な、そして簡単な地方料理は『キッシュ・ロレーヌ』です。キッシュ・ロレーヌは大変古くから作られていたそうで、十六世紀の文献にもその名を見つけることができます。ただし、そのころのキッシュ・ロレーヌは、生クリームと卵だけの簡単なものでした。ベーコンが加えられるようになった贅沢《ぜいたく》なキッシュ・ロレーヌは、十九世紀の終わりごろから作られるようになりました。

現在、キッシュ・ロレーヌは、家にある材料でおいしく手軽に作れます。そのためか、フランス中の家庭でなじまれている典型的な家庭料理です。今では、ベーコンのほかに、チーズ、野菜などいろいろな素材を入れたキッシュを見かけますが、本来のキッシュ・ロレーヌはベーコンと卵、生クリームだけを入れたとてもシンプルなものです。

《材料　四〜五人分》
・パイ皮
・卵……4個
・ブロックベーコン（なければ、普通のベーコン）……250g
・生クリーム……半カップ
・牛乳……大さじ2杯
・塩、こしょう、バター……好みで

《作り方》
1．パイ皿にバターを塗り、パイ皮を型に入れる。フォークで、ところどころ突き刺しておく。
2．ベーコンを一口大に切る。大きな脂肪の固まりは、取り除いておく。
3．ベーコンを、フライパンで軽く炒める。炒めたベーコンを、1のパイ型に、均等にしく。オーブンを暖めておく。
4．生クリーム、牛乳、卵をボールに入れ、しっかり混ぜる。
5．かき混ぜた4を、ベーコンをしいたパイ皮に流し込む。
6．180度のオーブンで、25分ほど焼く。

《食べ方》

丸いキッシュは、放射線状に切り、サラダとともに食卓に出します。サラダと一緒にサービスすれば、立派な前菜ができあがります。サラダは、グリーンサラダをフレンチドレッシングであえたものが、一番よく一緒に食べられます。

好みでナツメグを入れる人もいますが、伝統的にシンプルに作ってもとてもおいしいです。

キッシュ・ロレーヌ（パイ皮の作り方）

フランスでもキッシュを作るときは、出来合いのパイ皮を使う人が多いのですが、実は自宅で簡単に作ることができます。必要なのは、小麦粉とバター、塩少々だけ。少し手間をかけるだけで、出来合いのものよりもずっとおいしいホームメイドのパイ皮を作ることができます。皮にバターがしっかり入っているので、オーブンで焼くときパイ皿にひっつくことがありません。

《材料　パイ皮一枚分》
・小麦粉（薄力粉）……200g
・バター……100g
・塩少々

《作り方》
1．バターを1センチ角に切る。小麦粉を山にして、てっぺんに穴をつくる。その中にバターと水を少しずつ加えながら、パイの種が指にくっつかなくなるくらいまでこねる。

2．パイの種をまるめてラップに包み、冷蔵庫の中で数時間やすませる（時間がない場合は省略）。

3．パイ皿にパイの種をのばす。縁《ふち》が足りない場合は、親指でパイの種を押しながら広げ、パイ皿の高さまで種をのばす。

（あとはキッシュ・ロレーヌの作り方と同じ）

トゥルト・ロレーヌ

トゥルトの歴史は大変古く、古代ローマにさかのぼると言われています。トゥルトとはフランス語でパイのこと。ヨーロッパでは、パイ皮に挟んで焼いたお菓子、または肉料理は、いろいろな地方で、長い時間をかけて変化をとげてきました。

ロレーヌでも長い間、パイ皮に挟んで焼き上げた料理が作られてきました。二十世紀になって、牛肉と豚肉のひき肉を混ぜ、ワインに漬け込み、パイ皮に挟んで焼き上げたミートパイだけを、トゥルト・ロレーヌと呼ぶようになりました。

家庭で作るときは、肉をマリネするのに時間がかかるのですが、それほど難しくなく作ることができる料理です。食べ応えもあり、パセリやエシャロットをふんだんに混ぜ込んだお肉はとてもおいしいので、お客さんにも大変喜ばれる料理です。

《材料　五〜六人分》

・パイ皮……600g

・豚肉（固まり）……300g

・牛肉（固まり）……300g
・エシャロット……3個（90g）
・にんにく……2かけ（20g）
・パセリ……10g
・白ワイン……100g
・タイム
・塩……15g
・ナツメグ……½g
・卵……2個
・生クリーム……200g
・白こしょう……好みに応じて
・卵黄……1個分
・牛乳……10g

《作り方》

（A）

1．牛肉、豚肉を厚さ1センチ、長さ3センチに切り、ボールに入れる。

2．エシャロット、にんにく、パセリをみじん切りにし、別のボールに入れ、塩10g、こしょう、ナツメグを混ぜる。

3．さらにタイムを混ぜ、白ワインを入れる。

4．肉とその他をすべて混ぜ、ラップをかける。そのまま冷蔵庫で24時間、マリネする。

（B）

1．パイ皮を6層にし、二つに均等に分ける。

2．二つに分けたパイ皮のうち、一つを、厚さ3ミリ、直径30センチの大きさに、麺棒でのばす。

3．のばしたパイ皮を、20センチのタルト皿に入れる。端は中味を後で包むために、3センチはみ出させる。

4．タルト皿のパイ皮の中に、下準備した肉のマリネを入れる。

5. はみ出したパイ皮で、まわりから包み込む。
6. もう一つのパイ皮を、厚さ4ミリ、直径21センチの大きさに麵棒でのばす。
7. 直径21センチの大きさに切ったパイ皮の周り1センチを切る。真ん中に穴を開ける。
8. 穴を開けたパイ皮をそっとタルト皿にのせ、表面に卵黄と牛乳を混ぜたものをはけで塗る。
9. 穴を開けた部分の下部に穴を作る。
10. 穴の壁面、上部に余ったパイ皮をのばして、はりつける。
11. 穴の部分に、キッチンペーパーを丸めて真ん中の穴に突き刺し、小さな煙突にする。
12. フォークで杉綾《すぎあや》模様をつける。

(C)

1. ボールに卵、生クリームを入れ、泡だて器で混ぜておく。
2. 塩5g、こしょうを加え、さらに混ぜる。

(D)

1. オーブンを220度に暖めておく。
2. オーブンにトゥルトを入れる。
3. 表面が狐色になったら取り出す。
4. そっとキッチンペーパーを取り、じょうごを使って卵と生クリームを混ぜた(C)を流し入れる。
5. 再びオーブンに入れる。今度は180〜200度で、卵が固まるまで、10〜15分、焼く。
6. 焼きあがったら網の上で冷ます。

《食べ方》

放射線状に切って、温かいうちに、グリーンサラダと一緒にいただく。量を少なめにすれば前菜にもなるし、たっぷりにすれば主菜にもなります。白ワインが合う。

パテ・ロレーヌ

パテとは、フランス語でパイ皮のこと。パテ・ロレーヌも豚肉を使ったミートパイです。パイと聞くと、日本では手の込んだ料理に思われそうですが、オーブンさえ使い慣れていれば、手軽に作ることができます。どこの地方でもそうですが、ロレーヌの家庭料理も、実際には忙しい主婦が、身近な材料で手軽に作れるような料理ばかりです。

現在、パテ・ロレーヌはロレーヌのどこのパン屋さんでも買うことができ、おやつ代わりに食べたり、食事の前菜に食べられたりします。

《材料　五〜六人分》

・パイ皮……直径35センチ程度、2枚
・豚肉（固まり）……300g
・牛肉（固まり）……300g
・パセリ……一束

・エシャロット……15g
・たまねぎ……1、2個
・塩、こしょう……適量
・辛口白ワイン……ワイン瓶に半分ほど
・卵黄……1個分

《作り方》

(A)

1．豚肉、牛肉を1センチ角に切る。ボールに入れる。
2．パセリ、エシャロットをみじん切りにして、1に加える。
3．塩、こしょうを加える。
4．材料がつかるまで、白ワインをボールに入れる。
5．ラップをして、一晩から24時間、冷蔵庫でマリネする。

（B）

1．クッキングシートにパイ皮の一枚を敷く。

2．一晩寝かした肉（A）を、ざるに上げ水分をしっかり切る。

3．大きいほうのパイ皮の上に、マリネした肉をのせる。端を5センチほどずつ残しておく。

4．残しておいた端に、卵の黄身と牛乳を混ぜたものを塗り（糊になる）、肉を包みこむ。

5．もう一枚のパイ皮を、4にのせる。（肉は完全に包み込まれる）表面にナイフで菱松摸様をつける。卵黄を塗る。

6．尖ったナイフの先で両端に穴を開ける。クッキングペーパーを4×8センチほどに切り、小さな煙突を作り、穴に突き刺す。

7．200度のオーブンで、小一時間ほど焼く。

《食べ方》

グリーンサラダとともにいただきます。

ロレーヌ風牛肉のビール煮

ワイン煮というのはよく聞くのですが、ビール煮というのはあまり聞いたことがなくて驚いた料理です。この料理はかつての宿屋などでも食された、ロレーヌ風の牛肉のビール煮込み料理です。調べてみると、ビール煮は牛肉だけでなく、鶏を煮込む料理にも使われます。ここではロレーヌの地ビールをたっぷり使っていますが、煮込むと不思議にビールの苦味は感じられず、かわりに深みのある味になります。

フランスのよくある地方料理のように、一度大鍋に材料を入れたら、鍋の底を焦がさないように気を付けながら、弱火でことこと数時間煮込むだけの簡単な料理です。ロレーヌのお母さんたちは、鍋のふたを時々開けて確認しながら、家事をこなしていたのでしょう。いつの時代も忙しい主婦たちのための料理です。

日本で作る場合は、黒ビールではなくふつうに飲まれている軽めのビールを使うとよいようです。

《材料　四〜五人分》
・牛肉（固まり）……７００g
・にんじん……７００g
・トマト……１２５g
・ジャガイモ（小）……３００g
・たまねぎ……小３個
・ブーケガルニ（なければタイム）
・ビール……５００ミリリットル
・塩、こしょう

《作り方》
１．にんじんの皮をむき、７ミリほどの輪切りにする。たまねぎは皮をむいて、縦に四つに切っておく。トマトは小さく切る。
２．大きな鍋に少々油を引き、にんじん、トマト、たまねぎ、大きく切った牛肉、ブーケガルニ、塩、こしょうを入れる。
３．鍋を強火にかけ、炒める。にんじんの色が変わったら、ビールを入れる。
４．ビールが沸騰したら１、２分ののち弱火にして、２時間煮込む。

5．ジャガイモの皮をむいておく。

6．2時間煮込んだら、ジャガイモを入れ、さらに1時間煮込む。

《食べ方》

パンを添えて給仕されますが、ロレーヌではシュペッツェレと呼ばれる卵を入れたパスタと一緒に食べられます。日本では、マカロニなどのパスタや、ごはんと一緒にいただいても、しっかり煮込んだおいしいソースが最後まで楽しめます。お肉にはマスタードをつけて食べてもおいしいです。

おんどりのワイン煮

にわとりのワイン煮は、フランスでも定番の家庭料理です。各地方の産地のワインを使って鶏肉を漬け込み、そのまま煮ます。長時間煮るので、できあがりはワインのアルコールもぬけ、子どもでもおいしくいただけます。家族が集まって食事をする日曜日の午後の料理によく登場する家庭料理の一つです。

フランスの肉屋では、おんどりとめんどり、性別で区別して売っています。おんどりのほうがめんどりより大きく、肉が締まってかたいので、煮込み料理に向いています。またお肉屋さんでは、一羽丸ごと売っていますので、骨付きのいろいろな部位があります。日本で調理する場合は、骨付きの足などの部位に、キモなど好きな部位を合わせて使うと、煮込んだ際にだしがしっかり出るのでおいしく仕上がります。

ワイン煮によく合わされるきのこは、フランスの秋に森で採れる、各地のいろいろな種類のきのこが使われます。きのこ狩りは、ロレーヌ地方でも秋の楽しい行事の一つ。日曜日にバスケットを抱えて、一日中森の中で過ごします。(その際には猟銃地域でないことを確認すること！　猟師さんにシカやイノシシと間違われてしまいます）　自分たちで採った食材を使った料理なら、さらにおいしくできあがるというものです。

料理用のワインは何でもいいというわけではなく、上等であるほど、おいしい仕上がりになります。テーブルワインには、ワイン煮に使ったものと同じワインを飲むのが理想です。

《材料　五～六人分》

・おんどりの肉……1羽分（食べやすい大きさに切っておく）
・ベーコンの固まり肉……150g（1センチほどのサイコロ状にしておく）
・小麦粉……大さじ2杯
・たまねぎ……1個
・エシャロット……2個
・にんじん……3本（皮をむいて輪切りにする）
・マッシュルーム……200g
・凝縮トマトソース……大さじ1杯
・丁子《ちょうじ》（グローブ）……2個
・バター……50g
・ブーケガルニ

・ローリエ・・・・1枚
・赤ワイン・・・・カップ2〜3杯
・塩、こしょう

《作り方》

1. 大きな鍋に、バターをとかし、サイコロ状に切ったベーコンを軽く炒める。食べやすく切った鶏肉（あまり小さくしないこと）を加え、さらにキツネ色になるまで炒める。グローブを突き刺したたまねぎを加える。
2. 塩、こしょうをふりかけ、小麦粉をふりかける。そのうえに赤ワインをそそぎ、4分ほど沸騰させる。さらにトマト、小さく切ったエシャロット、ブーケガルニ、ローリエの葉を加える。鶏肉がひたひたになる程度まで、必要なら水を加える。
3. 鍋にふたをして、2時間ほど煮込む。
4. 食べる少々まえに、マッシュルームを加え、5分ほど煮る。

《食べ方》

ジャガイモを炒めたもの、またはパスタ、ご飯とともにいただきます。

白身魚のビールオーブン焼き

ロレーヌ地方にはヴォージュ山脈から流れ込んできた川がいくつもあり、比較的大きな淡水魚が捕れます。田舎では休みの日に川辺で釣りを楽しんでいる人がよくいます。この料理は、そんなロレーヌ地方で釣れる淡水魚を使った料理です。

ロレーヌ地方では、ワインの代わりに、地ビールで煮込んだ料理がとても多く、これもその一つ。たっぷりのビールに魚をひたひたにして焼くので、魚肉はパサパサせず、しっとりとしてとてもおいしく仕上がります。

レシピではモーゼル川の鯉《こい》を使っていますが、身のしっかりついた白身魚なら、淡水魚でなくてもおいしくいただけます。ロレーヌ地方では小さな魚を煮込む習慣はないので、あまり小さな魚でないほうがよいでしょう。鯛でもよいし、一匹丸ごとでなくても、切り身を使っても料理できます。カジキなど、脂《あぶら》がたくさんのった魚の場合は、バターの量を調節します。

本来の伝統的なレシピでは、バターを倍の量使いますが、その分量で作ると胃にもたれるため、半分の量にしました。

《材料　三〜四人分》

・モーゼル川の鯉1匹　（白身魚、約700g）
・ビール……360ミリリットル
・バター……75g
・たまねぎ……2個
・にんにく……2かけ
・エシャロット……2個
・パセリ……3〜5本
・塩、こしょう

《作り方》

1. オーブンを180度に熱しておく。たまねぎをスライスする。にんにく、エシャロット、パセリをみじん切りにしておく。
2. バターを塗ったオーブン皿に、残りのバターをのせ、あらかじめ準備したたまねぎ、にんにく、エシャロットを均等に敷く。オーブンで10分ほど焼く。
3. オーブン皿を取り出し、その上に、鯉をのせる。鯉の上からビールをかける。小さく

切ったパセリ、塩、こしょうをする。（好みで量を調節）

4．200度のオーブンで、15～20分焼く。時々オーブンをあけ、煮汁を魚身にかける。（焼きすぎると魚が硬くなるので注意！）

《食べ方》

付け合わせにはジャガイモ、シュペッツェレ（卵を入れたパスタ）のほか、ごはんともよく合います。魚のうまみがたっぷり染み出したソースがとてもおいしいです。たっぷりビールを使うのですが、でも不思議にビールの味、においはしないので子どもでも食べることができます。白ワイン、ビールなどが合います。

白身魚のオーブン焼き

このレシピもモーゼル川の鯉《こい》を使ったものです。日本では白身魚で代用できます。たっぷりのバターと生クリーム、そしてジャガイモを使った、とてもロレーヌらしい田舎料理です。

《材料　四人分》

・鯉（なければ白身魚）……700g
・バター……100g
・ジャガイモ……4〜5個
・マッシュルーム……200g（フレッシュなものがなければ缶詰で代用）
・エシャロット、パセリ
・生クリーム……カップ1杯
・塩、こしょう

《作り方》

1. オーブン皿にバターを入れ、オーブンで溶かす。

2. ジャガイモの皮をむき、5ミリの厚さに切る。マッシュルームは洗い、薄皮を取り除いたのち、薄く切る。

3. オーブン皿を一度取り出し、ジャガイモとマッシュルームをならべる。マッシュルームは50gほど、取っておく。

4. オーブンに入れて、約20分焼く。

5. 1匹魚を使う場合は、うろこと内臓を取り除き、よく洗う。マッシュルームの残り、エシャロット、パセリのみじん切りを魚の腹の部分に詰める。切り身魚でもよい。

6. 魚をジャガイモとマッシュルームの上にのせる。塩、こしょうをしたのち、生クリームを上にのせる。

7. 180度のオーブンで約30分焼く。

マカロン・ド・ナンシー

マカロンはアーモンド、卵白、砂糖で作る丸型のクッキーで、もともとはイタリアで作られたものです。それがフランスに伝わり、地方によって独特の製法で作られるようになりました。日本では色とりどりのカラフルなマカロンが有名ですが、ナンシーのマカロンは、ベージュ色で、アーモンドの粉と卵白を使い、かりっとした外側と、もっちりした内側のコントラストが特徴です。ロレーヌのマカロンは、表面がすべすべではなく、小さな亀裂がたくさん入っていて、石の表面のようなのが特徴的です。また二つ合わせて中に何かを挟んだりはせず、一つ一つ、そのまま耐熱紙にくっついたままの状態で販売されています。

こちらで紹介するレシピは、数あるレシピの中でも、比較的簡単な作り方です。マカロンを作る際には、オーブンの温度調節がとても大切です。このお菓子ばかりは、片手間にせずに、オーブンで焼いている間は、そばにはりついて焦げないように見張ってください！

《材料》（約20個分）

・皮むきアーモンドの粉・・・１５０g

・砂糖・・・・270g
・卵白・・・・3個分

《作り方》

1．ボールに200gの砂糖、アーモンドの粉、卵白3個分を入れ、よく混ぜる。

2．耐熱容器に残りの砂糖70gと少々の水を入れ、オーブンで焼き、水分を飛ばす。キャラメル状になる前に取り出し、先に用意した種に加え、よく混ぜる。

3．オーブン皿の上に耐熱紙を敷く。スプーンで種をすくい、4センチほどの球状にならべる。

4．180度のオーブンで、約20分焼く。

マドレーヌ・ド・コメルシー（1）

現在フランスはおろか、日本でも手軽に食されているマドレーヌは、サンジャックと呼ばれる『帆立貝《ほたてがい》』の形の型に入れて焼きます。かわいいマドレーヌ嬢が言ったように、マドレーヌ型さえあれば、意外に簡単に早くできあがります。

フランスでは甘いものを朝食に食べます。我が家の子どもたちも、出来合いのものですが、必ず毎日一つずつ、ミルクとともに食べています。上質のバターがたっぷり入ったマドレーヌの香りは、我が家では朝の香りです。今ではフランス中のパン屋やスーパーマーケットで簡単に見つけることができるお菓子ですが、ロレーヌっ子にとっては、やはりマドレーヌは本場のコメルシーで作られたものが、一番おいしく懐かしく感じる味のようです。ただし、家庭で作るマドレーヌは世界で一番おいしく感じるようです。

《材料》（約30個分）

・卵……3個
・バター……180g
・小麦粉……180g
・砂糖……180g
・レモンの皮のすりおろし……大さじ1
（もしくはオレンジのエッセンシャルオイルを1、2滴）
・その他、マドレーヌ型に塗るバター

《作り方》

1. 卵を割り、卵黄と卵白に分け、それぞれボールに入れておく。
2. 鍋にバターを入れ、ごく弱火でとかす。
3. 卵黄を泡立て器でよくかき混ぜる。
4. 泡立て器で卵白を角ができる固さまで、かき混ぜる。
5. 木べらを使って4で泡立てた卵白に、静かに小麦粉と砂糖を加える。
6. 5にさらに卵黄とレモンの皮のすりおろし、最後にとけたバターを加え、静かに混ぜる。
7. バターをとかし、マドレーヌ型に塗る。これは、焼いた際にくっつかないようにするため。

8．180度のオーブンで、約20分焼く。（早く焼きあがるので焦がさないように！）

9．焼きあがったら型からはずし、網の上などで冷ます。

《食べ方》

マドレーヌは朝食からデザートまで、一日のうち、いつでも好きなときに食することができます。少々温かいうちに食べてもよいし、冷めてからいただいてもおいしいです。食後のお茶やコーヒーなどとともにいただいても、おいしく食べることができます。シャンパン・ロゼ、もしくはアラビカ・コーヒーがよく合います。

マドレーヌ・ド・コメルシー（2）

前述のマドレーヌは少し本格的な作りかたですが、もっと簡単に作りたい！という方には、かなりシンプルにしたレシピがあります。こちらでも十分おいしく、手軽さもあって子どもたちと楽しみながら作ることができます。

《材料》（約20個分）
・小麦粉……125g
・砂糖……125g
・バター……80g
・オレンジ花水（オレンジフラワーウォーター）……大さじ1
・卵……3個

《作り方》
1．60gのバターをとかし、そこに小麦粉、砂糖、オレンジ花水、卵の黄身3個分を入れる。

2. 卵の白身3個分を角ができるくらい固くなるまで泡立て器で泡立てる。

3. しっかり泡立てた卵の白身と残りの材料をゆっくり混ぜる。

4. 残りのバターをとかし、マドレーヌ型に塗る。マドレーヌの種をスプーンを使いながら、マドレーヌ型に流し込む。

5. 180度のオーブンで約20分ほど焼く。表面がきつね色になったらできあがり。

動物たちのクリスマス

キリストがお生まれになったクリスマスは、フランス、ベルギー、スイスでは、人間だけではなく、動物たちにとっても特別なお祭りでした。とくに牛や馬、ロバなどをはじめとする家畜にとっては、とても大切な日でした。クリスマスまでに、納屋は隅々まで、きれいに掃除されました。そして、クリスマス前夜の真夜中の礼拝が終わったあと、農夫たちは動物たちの飼葉桶《かいばおけ》をいっぱいにしました。それは動物たちにクリスマスを告げる儀式のようなものでした。その後、はじめて農夫は自分のうちに帰り、自分の家族のクリスマスのお祝いを始めるのでした。

クリスマスの礼拝前に家畜たちが住んでいる納屋を掃除すること、礼拝の後の動物たちの食事、それは忘れてはならない大切な仕事でしたが、もうひとつ、絶対に忘れてはならないこともありました。それは、真夜中に絶対に納屋に入ってはいけないということでした。クリスマスの夜の真夜中にだけ、動物たちは人間の言葉でしゃべります。人間は、これを見ても聞いても、絶対にいけないことになっていました。

それをまもらなかったらどうなるのでしょう……。

あるところに、ジャンという名の農夫がいました。ジャンはとても怒りっぽくて、意地悪でした。機嫌が悪くなると、おかみさんや子ども、家畜の動物たちも、平気でぶちました。悪いことに、ジャンは一日のうちに何度も機嫌を悪くして、あちこちに当り散らすのでした。

ある年のクリスマスの夜、ジャンは足が痛みだしたから、教会の礼拝は行けない、と言い出しました。おかみさんは、何度も一緒に行くように言いましたが、ジャンは頑《がん》として動きませんでした。でも、本当はジャンは足が痛いのではなかったのです。ジャンは、クリスマスの真夜中に、本当に動物たちがしゃべるのか、どうしても知りたくなったのでした。そこで、家族が教会に出かけたあと、ジャンは納屋に入って、隅っこの干した藁《わら》の中に埋まって、こっそり隠れました。しばらくして、台所の時計が真夜中の十二時を告げました。最初に口を開いたのは灰色の年老いたロバでした。

「今日はクリスマスだから、あの意地悪な主人も、おれたちにご馳走《ちそう》をしてくれるんじゃないかなぁ」

ジャンは飛び上がりました。本当に動物たちの話し声が聞こえるなんて、なんておもしろいのだろう！

「おまえは本当にのんきだなぁ！」

牛が答えました。

「もしかしたら、と思うのさ」

「少なくとも、今日はむちゃな仕事はないだろうよ」

牛は首をすくめました。

「さあねぇ、なんとも言えないねぇ。朝になったら、おれは寒いのに、主人を教会まで乗せていってやらなくちゃならないしなぁ」

灰色の年寄りのロバが悲しそうにため息を吐きました。ジャンはふんと心の中で鼻を鳴らしました。朝は教会にまで行く用事なんかねえし、わざわざ寒い中、出かけたくもねえぞ。

「主人はおれたちにいつも乱暴だからなぁ。それでも、主人を許してやらなくちゃならないだろうねぇ」

灰色ロバは続けて言いました。

「そりゃまた、どうして？」

牛が聞きました。

「だって、かわいそうなものさ。主人はミューズ川をさかのぼったところにある大きな木の下に丸い石があって、その下を掘るとローマ人が残した壺があって、その中には金貨がいっぱいつまっているってことさえ知らないんだからね」

これを聞いてジャンは飛び上がりました。そして、大急ぎで上着を取るとミューズ川へ向かいました。そして大きな木を見つけると走っていきました。ジャンはあわてていたし、真っ暗で足元が見えなかったので、滑ってころびました。そして、そのままミューズの冷たい川に落ちました。悪いことに、ジャンは泳げませんでした。助けを呼びましたが、クリスマスの夜なので、みんな、教会の礼拝に行っていて、誰にもその声は聞こえませんでした。

その朝、ジャンがミューズの川下で冷たくなって、死んでいるのが、見つかりました。ジャンのうちの灰色のロバはその冷たくなった体を荷車に乗せて、教会まで運んだのでした。

クリスマスの夜には、動物たちの話を聞いてはいけないわけが、これでわかったでしょう。

マドレーヌ

時は、一八世紀のことでした。当時のロレーヌは、スタニスラス・レクチンスキー公が、治めていました。スタニスラスは、一時ポーランド王でしたが、数々の戦争の後、王位を失い、その後、ハプスブルグ家からロレーヌを得て、治めていました。

スタニスラス公爵《こうしゃく》はとても贅沢《ぜいたく》な王さまでした。スタニスラス公爵は、いつもは、フランス王が住むベルサイユのお城によく似せて作ったリュネビルにある美しいお城に住んでいました。でも、ロレーヌ地方には、リュネビルのお城のほかにも、いくつか美しいお城がありました。ですから、スタニスラス公爵はあちこちに出かけては、滞在を楽しみました。リュネビルの北のコメルシーにある小さなお城も、スタニスラス公爵のお気に入りの場所でした。

スタニスラス公爵は、とても食いしん坊でした。おいしいものを食べるのが大好きでした。それから、料理人たちにおいしいものを作らせ、周辺の貴族たちを呼んで宴会を開くのも大好きでした。貴族たちにとっても、贅沢でおいしいスタニスラス公爵の宴会に呼ばれるのは、とても嬉しくて、名誉なことでした。

この日も、スタニスラス公爵は、コメルシーのお城で、たくさんの貴族たちを呼んで、宴会をすることになっていました。立派な貴族のお客さまを迎えるために、コメルシーのお城の台所は、もう戦場のようにあわただしくなっていました。給仕たちはぴかぴかに磨かれたお皿を準備していました。何人もの料理人が一生懸命になって、肉を焼き、ソースをこしらえ、誰もが驚くような、豪華でおいしそうな料理を準備していました。鍋がぶつかり合う音や、肉のじゅうじゅうと焼ける音、そして、いいにおいがお城中にたちこめていました。スタニスラス公爵は、お気に入りの料理人たちが作りだす、とても凝った料理が自慢でした。

その日も、前菜が出され、おいしいワインや肉料理が給仕たちによって運ばれ、お客さまたちに供されました。お客さまたちはみんな、おいしい料理に舌鼓《したつづみ》を打ち、喜びました。そして、デザートは、いったい何が出てきて驚かせるのだろう、と嬉しそうにささやきました。

ところが、デザートのお菓子がなかなか出てきません。スタニスラス公は待ちきれなくなって、台所に行ってみました。すると、なんということでしょう！　台所はデザートの準備どころか、野菜の葉っぱが飛びちり、ソースが壁にかかり、鍋は床にころがり、卵はわれてどろどろ、めちゃくちゃ、料理人や使用人たちは、怒鳴り合って大喧嘩の真っ最中ではありませんか。

「いったいどういうことだ！」

スタニスラス公は、むらさき色になって怒りました。その怒りで震えた声に、使用人たちははっとなりましたが、誰も答えることができません。料理長と誰かが喧嘩を始めたのが、はじまりだったのかもしれません。日ごろ溜まっていた鬱憤《うっぷん》も手伝って、気がついたら、誰もかれもが、喧嘩を始めていました。準備されていたデザートは、誰かが、いつのまにか窓の外に放り投げてしまっていたのでしょう、とっくになくなっていました。

「いったい、招待した客にデザートに何をだすつもりなのだ！」

怒ったスタニスラス公の口から出たのは、まずそのことでした。誰もそれに答えることができませんでした。だって、デザートはとっくの昔になくなっているのですから。それから、料理人たちは少しの間、ひそひそと話をしていましたが、最後に、料理長が恐る恐る言いました。

「手伝いの若い娘が、貝がらの形をした小さなお菓子なら、すぐに準備することができると申しております。いかがいたしましょう」

「しかたない、すぐにその娘を呼び、準備にかかれ」

スタニスラス公は命じました。なんとかデザートを準備して、食事会をしめくくらなくては、宴会は台無しです。スタニスラス公はそう言って、客の待つテーブルに帰っていきました。客を放っておくわけにもいかなかったからです。

しばらくして、お皿に盛られた小さな、まだ暖かいお菓子がテーブルに運ばれました。それは、バターとほんのりオレンジの香りのする貝の形のかわいらしいお菓子でした。客たちはそのきつね色にこんがり焼けたかわいいお菓子を指でつまんで食べました。小さなお菓子は、口の中でほろりと溶けるように消えていきました。なんというおいしさ！

「さすがにスタニスラス公爵さまの準備するデザートですわ」

客たちは、初めて食べるおいしいお菓子に顔をほころばせ、うなずき合いました。

「このお菓子はいったい何という名前なのだ？」

大変喜んだスタニスラス公は、宴《うたげ》の後で、お菓子を作った若い召使いを呼んでたずねました。

「知りません。うちで祖母が作っていたお菓子でございます」

召使のかわいい娘は答えました。

「おまえの名前は何と言うのだ？」

スタニスラス公は聞きました。

「マドレーヌでございます」

「そうか、それではこれからこの菓子を『マドレーヌ』と名づけることにしよう」

スタニスラス公は大変満足して言いました。


マドレーヌの作り方はその後、ルイ十五世に嫁いだスタニスラス公爵の娘、マリー・レクチンスカに伝えられ、ルイ十五世をマリーのもとに引き止めるためにも使われたと言われています。おいしいマドレーヌは評判を呼び、いつしか、パリそしてフランス中に広まり、今では、知らない人がいないほど人々に愛されるお菓子になりました。

わたしが気になるのは、デザートを窓から投げ捨てて、ダメにしてしまった料理人たちにお咎《とが》めがあったのかどうかなのですが、それは言い伝えられていないのです。マドレーヌに満足したスタニスラス公は、怒ることも忘れたのかもしれませんね。それはそのほうがいいのです！

悪魔の橋

かしむかし、かつてロレーヌ地方がローマ帝国に支配されていた時代、まだメスが、ローマ風にディヴォドリュムと呼ばれていたころのはなしです。ディヴォドリュムはローマ帝国の北の大切な街として発展しました。そして国境を守るために、ローマから来たたくさんの兵士たちがとどまっていました。

その中の一人にマチウスという若い兵士がいました。マチウスはディヴォドリュムにとどまっているうちに、ナジディアという、地元に住むゴール人の美しい娘に出会い、恋に落ちました。

ナジディアは、モーゼル川の向かいに住んでいました。マチウスがナジディアに会うためには、モーゼル川を渡って、向こう岸に行かなくてはなりません。ある夜、兵士の仕事が終わったあと、マチウスはいつものように、馬に乗り、ナジディアに会いに川を渡ろうとしました。その夜、川の流れは速く、マチウスは水の流れに馬ごと押し流されそうになり、しかたなく岸に引き返しました。その日は春先で、溶けた雪と春の雨でモーゼル川の水かさはいっぱいで、流れは速くなっていました。

マチウスは馬をあきらめました。馬で渡るには、水の流れはあまりに危険なように見えました。マチウスは、向こう岸に渡るために、どこかに小船がないかと探しました。モーゼル川からあふれだした水は、岸を水で埋めていました。草は倒れ、木々も流されんばかりでした。向こう岸からナジディアの声が聞こえた気がしました。

「マチウス、マチウス！　早くあなたに会いたいわ！」

マチウスは川岸をいったりきたりして小船を探しましたが、見つかりません。マチウスはもう一度、川を馬で渡ろうとしましたが、濁流《だくりゅう》となった川は、体ごとマチウスを飲み込もうとしました。いったい、どうすれば、かわいいナジディアの元に行けるのでしょう？

マチウスはモーゼル川を前に、もどかしさにいらいらしました。かわいいナジディアは、今夜もぼくを待っているだろう。ぼくが来ないとあきらめて、ほかの誰かに会うかもしれない！　ああ、ナジディア！

「何かお困りかね？」

そのとき、見知らぬ声が聞こえ、マチウスははっと、後ろを振り返りました。いつのまにか、後ろには黒い服を着て、同じく大きな黒いマントをはおった男が音もなく、立っていました。

「おまえは漁師か何かか？　向こう岸に渡る小船を探しているのだ。もし小船を持っていたら、わたしに貸してはくれまいか」

マチウスは聞きました。

「いいえ、わたしは船は持っておりません」

黒い男は答えました。マチウスはがっかりしました。ナシディアの笑顔が遠ざかった気がしました。なんとかして向こう岸に行く方法を考えなくては……。

「でも、もしかしたらあなたさまのお手伝いができるかもしれませんよ」

黒い男はずるそうに笑いました。

「どうやって？」

「たとえば、この大きなモーゼル川の向こう岸まで橋をかけるとか。そうすれば、あなたさまはいつでも好きなときに向こう岸に行けますよ」

「一晩で、そんなことができるものか！　わたしは今夜この川を渡りたいのだ」

マチウスはがっかりしました。しかし黒い男はにやにやしながら答えました。

「できますとも」

マチウスは、男の自信に気味悪く思いました。

「おまえは誰だ」

「わたしは悪魔の長です。わたしの力をもってすれば、一晩でモーゼル川に橋をかけることなどわけはない。あなたにこれから向こう岸に行けるように、作ってさしあげてもよいのですよ」

マチウスはもう一度まじまじと黒い男を見ました。男の不気味なたたずまいから、言っていることが嘘ではないような気がしました。もし本当にこの悪魔が橋を作れるのなら、今夜ナジディアに約束したとおり、向こう岸に会いに行ける。けれど……。

「その代わりにいったい何が望みなのだ?」

「あなたの魂を、その代わりに。大きな橋の代償としては、たいしたことはないでしょう? そして、あなたがいとしい人に会える喜びとくらべれば」

悪魔はやさしく、なにもかも見透かしているように、言いました。マチウスは悪魔の申し出でに驚きながらも、ナジディアに会いたい一心で、

「よかろう、ただし一番鶏が鳴く前に橋ができたらだ」

と、あまり考えもせずに返事をしました。

その返事を聞いたとたん、悪魔はにたりと笑いました。

「では、さっそく始めるといたしましょう」

悪魔はそう言うと、どこから持ってきたのか、大きな石を次々と水の中に投げ込み、石橋の礎《いしずえ》を築きはじめました。

マチウスは少し離れた木の根元で少しうたた寝をし、真夜中を過ぎて目を覚ましました。悪魔は仕事を続けていましたが、その速さときたら、驚くばかりでした。まるで何人もの見えない悪魔の手下がいるかのように、橋の礎はどんどんできあがっており、橋は向こう岸に届かんばかりでした。

マチウスは急に恐ろしくなりました。なんという気味の悪い、恐ろしい悪魔の力でしょう。こんな恐ろしい悪魔の長に、自分の魂をやる約束をしてしまったとは、なんと軽はずみだったことか。マチウスは、おびえていました。ナジディアに会いたい気持ちは変わりませんでしたが、今、落ち着いて考えてみると、この取引はあまりにも無謀だった気がしてきました。

マチウスは、困り果て、何かいい考えはないものかと、あたりを歩き回りました。ところが、あんまりむちゃくちゃに歩いたので、気がつかずに茶色いかたまりに足をとられ、つまずいてしまいました。それは、丸くなって、ぐっすり寝込んでいたおんどりでした。おんどりは気持ちよく寝ていたところを突然蹴飛ばされて、びっくりして目を覚ましました。そして、朝が来たのかと寝ぼけて、

「コケコッコー」

と、大きく歌いました。そのおんどりの声を聞いて、まわりのおんどりたちも、朝が来たのかと、驚いて鳴きはじめました。さらにその声を聞いた隣村のおんどりも、寝ぼけながらも負けじとばかり、朝の時を告げはじめました。

びっくりしたのは悪魔の長でした。まだ真夜中かと思っていたのに、もう一番鶏が鳴いたのですから。まったく疑いもせず、悪魔の長は、朝が来たのだと思い込みました。悔し紛れに、悪魔の長は、もう少しでできそうな橋を足で蹴り飛ばして壊し、ぎゃっと叫び声を上げて、どこへともなく掻き消えました。おそらく地獄にでも戻ったのでしょう。

それから、モーゼル川には、悪魔の長が作り終えることができなかった大きな石の橋の跡が、見る人を驚かせるようになりました。マチウスはその後、魂を奪われることもなく、壊れた橋の上を飛び石に使い、向こう岸まで渡り、いとしいナジディアに会いに行ったということです。

（注　ゴール人……ガリア人のこと）

シャルルマーニュのカワカマス

かし、ロレーヌ地方をはじめ、ヨーロッパがフランク王国に治められていたころのおはなしです。フランク王国の王さまはシャルルマーニュといいました。シャルルマーニュは、とても体が大きくて、そして強い王さまで、たくさんの戦をして勝ちました。シャルルマーニュは戦いに行かないときには、みずうみがたくさんあるヴォージュの森に行くのが大好きでした。ヴォージュの森には、鹿や狐など、たくさんの獲物がいたので、狩りができました。また冷たく澄んだみずうみもいくつもあったので、シャルルマーニュは、そこで泳いだり釣りをしたりして、楽しみま

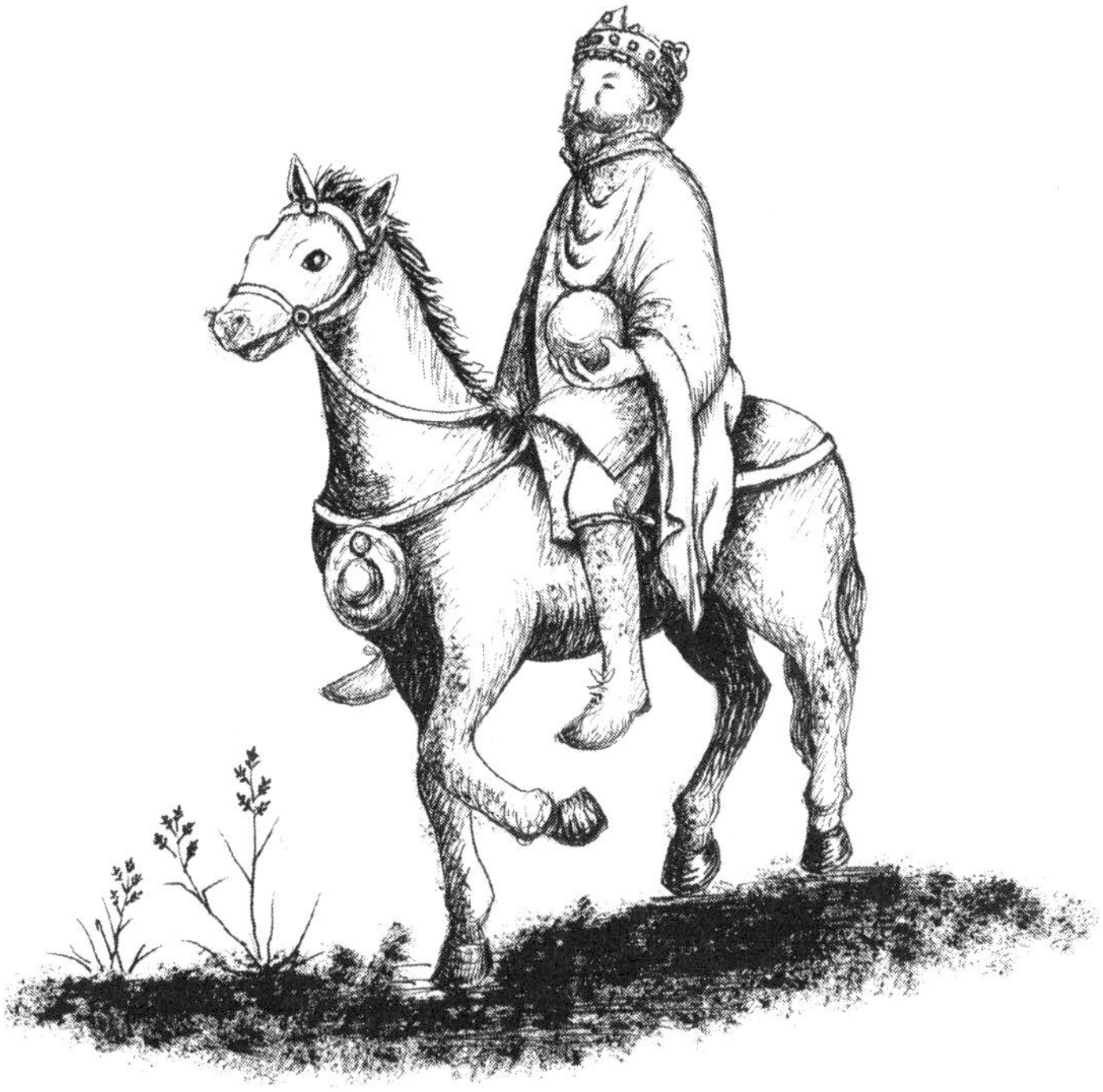

した。

　この日、シャルルマーニュはいのししを追って、どんどんヴォージュの森の奥深くに入りました。いのししを仕留《しと》めた後、馬から下りると、そばに美しいみずうみがありました。ロンジュメールという名のみずうみで、シャルルマーニュはここで急に釣りをしたくなりました。そこで家来に命令して、さっそく釣《つり》竿《ざお》を用意させました。

　しばらくすると、何かが釣糸を引っ張りました。シャルルマーニュは釣竿を引きましたが、釣竿はとても重くて、力自慢のシャルルマーニュをもってして

も引き上げることができません。シャルルマーニュはそばにいた騎士を呼びました。力の強い騎士が一人、シャルルマーニュとともに魚を引っ張りあげようとしましたが、それでも引き上げることができません。それを見ていた二人目の騎士が加わって、三人でやっと魚を引き上げることができました。それは、見たこともないほど大きく立派なカワカマスでした。

「なんと、すばらしいカワカマスだ」

「犬くらいの大きさがありそうだ」

召使いの一人が、さっそく大きなナイフを持ってきて、その腹を裂こうとしました。シャルルマーニュは、それを止めました。

「なんと立派なカワカマスであろう。これはきっとこのみずうみの王に違いない」

シャルルマーニュは、カワカマスをほれぼれと見ました。こんなに立派な魚を殺してしまうのは、かわいそうな気がしました。そこで、シャルルマーニュは近くにいた猟犬を呼び、金の鈴がついた首輪をはずしました。そしてこのカワカマスの首にかけてやりました。

「フランクの王の名において、このみずうみの王を自由にしてやろう」

そして、大きなカワカマスをみずうみに帰してやりました。カワカマスは尻尾をひるがえし、再びみずうみの底へともぐっていきました。

それからというもの、旅人が耳を澄ますと、ロンジュメールのみずうみの底から鈴の音が聞こえると言われています。それはシャルルマーニュが逃がしてやった、このみずうみの主のカワカマスの金の鈴の音なのです。

（注　シャルルマーニュ……カール一世とも呼ばれるフランク王国の王さま。フランク王国は五世紀から八世紀にかけてヨーロッパを支配した王国で、シャルルマーニュはその王国の基礎を築いた偉大な王とされており、シャルルマーニュを題材とした伝説は数多くロレーヌ地方にも残っています。ロンジュメール湖のカワカマスの逸話もそのひとつです）

クレピーの麦畑

これはクレピーの麦畑には、どうして生垣が植えられているか、というはなしです。

クレピーは丘の中腹にあって、坂がとても多いところです。そのころ、クレピーの村人たちは、麦だけを育てて生活していました。麦を育てることは、クレピーの人たちにとってたった一つの、お金をもうける方法でした。だから、麦畑はクレピーの人たちにとって、とても大切でした。

さて、その年は、天候もよく、麦がすばらしくよく育った、豊作の年でした。秋のはじめのころ、晴れわたった青い空に、麦の穂は黄金に色づき、重たくたれ、刈り取られるのを待つばかりに実っていました。クレピーの村人たちは、お役所が麦の刈り入れの日にちを決めるのを、いまかいまかと、待っていました。そのころ、クレピーの村の麦畑は、すべてお役所が監督しており、麦畑の仕事を指示していました。そして畑仕事も、村人たちがみんな一緒になってしていました。

そんなある日、急に空が黒くなり、風が吹きはじめました。ちょうどそのとき、教会の鐘打ちが、教会の鐘のある塔に登り、時を告げる鐘を鳴らそうとしました。塔に登って、下を見ると、麦畑が風でうねるように、大きく波打っているのが見えました。まるで、それは麦が一体になって、歩いているようでした。

こんな麦の姿を見たことがない鐘打ちは、麦が畑から逃げ出そうとしているのだと、びっくりしました。そして、大慌てで、危険を村人たちに知らせるために教会の鐘をガランガランと大きく鳴らしました。クレピーの村人たちは何事かと、驚いて道に飛び出し、お役所の前に集まりました。教会の鐘打ちは大急ぎで塔からおりて、言いました。

「大変だ！　大変だ！　麦が逃げようとしている！　はやく行って、麦が行ってしまわないように、道をふさがなくては！」

そこでお役人は、大急ぎで村人たちに、麦が逃げ出さないよう、柵を作るように、と言いつけました。村人たちは、縄やら枝やらほうきやら、うちから役に立ちそうな物ならなんでも持っていって、麦が隣村まで逃げ出さないように、ありあわせの物で、畑のふちに柵を作りました。しばらくすると、風はやみました。麦も元のように、まっすぐ立ちました。村人たちは安心しました。この年の麦の収穫はまもられたのです。

でも、もしかしたら、今日と同じように、麦が逃げ出そうとすることが、これからも起こるかもしれません。そこでクレピーの人たちは、クレピーの村の麦畑のまわりに、木をぐるっと植えて、生垣を作ることにしました。これならクレピーの村の麦は隣村に逃げていって、いっしょくたになったりしないでしょうから！

これ以来、どんなに風が吹いてもクレピーの麦畑の麦は、クレピーから逃げ出すことはないと、村人たちは安心できるようになったのです。

パンのことわざ

ロレーヌの人たちにとって、パンは主食でしたから、『食事』そのものを意味することもありました。またパンにまつわることわざは、ロレーヌをはじめフランス各地に残っています。

フランスパンといえば、今では日本では、真っ白な小麦粉を使ったバケットがよく知られています。けれども、かつてロレーヌで『パン』と言うとき、それは子どもが両手で抱えるほどの、大きな田舎風の丸パンで、しっかり焼かれ長持ちするものでした。

そうしたパンは、週に一度だけ、村に一つある大きなかまどで一度に焼かれ、各家庭に持って帰って、切って食べていました。当時のパン焼き窯《がま》は、とても大きく、パンを焼くのに、たくさんの薪《たきぎ》を使った火力も、時間も必要だったので、各家庭には無く、毎日焼くわけにも、いかなかったのです。焼き上がったパンを取りに行くのは、しばしば子どもたちの役目で、大きなリネンの布巾《ふきん》に包み、大切に持って帰られました。

フランスの気候は乾燥しているので、よほどバターを練りこんでいない限り、パンは数日たてばカチカチになってしまいます。フランス人はそんな固いパンもおいしくいただけるように、いろいろなレシピを発達させてきました。

フランスの各地にパンにまつわることわざは数多くあります。以下はロレーヌ地方に伝わるパンのことわざです。

・分かち合うときのパンの味わいに勝るものはない

（同じ釜の飯を食べた仲／ヴォージュ）

・よい小麦があれば、まずいパンにはならない

（材料がよければ、おいしいものができる／ヴォージュ）

・口をとじろ、ミルクパンをあげるから

（黙らなければ、美味しいものは口に入らない／ウェルシュ）

・医者よりも、粉ひき小屋にかよえ

（健康のためには、医者よりも、よく食べることが大切／ジェラルメール）

・パンを焼き、バターを作れば、泥棒のようにスープを飲まなくてもよい

（ヴォージュ）

・焼く前に、パンを食べたり売ったりしないこと

（捕らぬ狸の皮算用）

・切り分けられてないパンには、まだ主人がいない

（切った後、ほかの人のパンを取らないこと）

・それではパンが食べられない

（それではお金がかせげない）

パンにまつわる習慣

パンにまつわる古くからの習慣をいくつか紹介します。

パンにまつわる迷信

パンはもっとも身近な食べ物のひとつだったために、習慣や宗教と結びついた迷信も多くありました。今ではどんどん廃れていっているけれども、パンを扱う際にも、たくさんの迷信がありました。これも食べ物を大切にするこころから生まれた風習であったのだろうと思うと、とても興味深いものがあります。

パンをこねるとき

パンはクリスマスから八日間はこねないこと。そうでないと、意地悪な妖精エルキューシュが来て、寝かしたパンを壁に投げつけるので、パンがだめになってしまう。

パンを焼くとき

クリスマスと新年の間には、かまどを燃やし、パンを焼かないこと。でないと家の中、もしくは親戚に不幸が起こる（オート・ボージュ）。

パンを切るとき

パンを切るとき、ナイフの尖った先で、パンの皮に十字を切ること。それを忘れた場合、不幸が起こる。パンにナイフを突き刺すのは、不幸を呼ぶのでこれもやってはいけない。パンを切ったとき、最初の端っこは、畑や森など、うちの外に持っていかないこと。この端っこは切った場所で食べなくてはいけない。でないと幸運が逃げていく。

パンを保存するとき

パンは、パンを保存するためのきれいな布に包み、きちんと掃除した部屋で保存すること。切り口は扉のほうに向けること。

マカロン・ド・ナンシー

がた

がた揺れる馬車の中で、二人の修道女は不安そうに窓の外を見ました。外に広がる麦畑はいつもの年のように青々と風に揺れていました。でも、こんなに広々とした外の風景を見たのは、いったいどのくらいぶりでしょう。その広々とした風景は逆に二人を不安にさせました。

修道女はふつう塀に囲まれた修道院の中で、神に捧げた生活を静かに送ります。朝早くから起きて神に祈りを捧げ、自分たちの手で野菜や果物を作り、収穫し、食事を作り、本を読み、そしてまた祈りを捧げて夜をむかえます。二人の修道女、シスター・マルグリットと、シスター・マリーエリザベットも、そのようにして長い年月、修道院の中で静かに暮らしていました。

シスターたちが塀の中で、神に捧げた生活を静かに送る一方で、外の世界は大変な勢いで変わっていました。一七八九年、フランス革命が起こりました。フランスの王さまをはじめ、たくさんの貴族たちが殺され、新しく人民による政府がつくられました。シスターたちも風の便りで、フランス中に起こっている革命のことは知っていました。けれども、神の世界とはまったく関係ない、世俗の政治のことと思っていました。それが、自分たちの生活を、いつか変えてしまうとは、修道女たちには想像できないことでした。

三年後の一七九二年四月五日、新しい議会によってフランスの修道女たちを取り仕切っていた『信心会』という組織がなくなることが決まりました。そして、フランス各地の修道院は閉められることになりました。修道院に住んでいた修道女たちは、突然住みなれた住処《すみか》を失い、親戚や知人を頼って、ちりぢりに新しい居場所を探さなくてはならないことになりました。

シスター・マルグリットとシスター・マリーエリザベットも、遠い知り合い、ジャン・クロード・ゴルマン氏という人を頼って、馬車で移動している途中でした。ゴルマン氏はナンシーに住んでいる裕福な医師とは聞いていましたが、会うのは初めてでした。二人を迎えるのは、内心、気が進まないでいるかもしれません。二人はまたそれぞれ違う場所に引き取られていくかもしれません。初老に近い二人の修道女は、

「なにごとも神のみこころのままに。できうるかぎりのことをいたしましょう」

と、馬車の中で、涙をこらえて手を握り合いました。

ナンシーに着くと、意外にもゴルマン氏は大きなうちの門まで出てきて、笑顔で二人を迎えました。

「長旅でさぞお疲れのことでしょう。ゆっくり休まれるように」

と、二人に屋敷の中のこざっぱりした一室を与えてくれました。

二人は、修道女としての教えを守りながら、ゴルマン氏の屋敷で静かに暮らしはじめました。修道女たちはとてもおだやかで、心根もやさしかったので、屋敷の人たちはすぐに二人の修道女たちが好きになりました。

シスター・マルグリットもシスター・マリーエリザベットも、ゴルマン氏や親切な屋敷の人たちに、とても感謝しました。

「このやさしい屋敷のみなさんに、何かお礼がしたいですね」

「そうですね。祈り以外、いったいわたしたちに何ができるでしょう?」

修道女たちは生活に必要なごくわずかの身の回りのものを除いて、喜びのために自分のものを持つことは禁止されていました。

「修道院で作っていた、おいしいお菓子を作って差し上げたらどうでしょう」

そのお菓子というのは、長い間、修道院で作られていたアーモンドの粉と卵の白身を使った、マカロンというお菓子でした。修道院では肉を食べることが禁じられていたので、肉の代わりの栄養になるものが必要でした。そこで、体の栄養になり、そのうえ修道女たちが満足できるような、各地の材料を使った食べ物が、それぞれの修道院で伝えられていました。マカロンもその一つのお菓子で、作り方は、修道院の内で長い間、かたく秘密にされていました。作り方を知っているのは修道女たちだけでした。

マカロンはもともとイタリアで作られればはじめたお菓子でしたが、フランスに渡り、地域によっていろいろな作り方が考えられました。シスター・マルグリットとシスター・マリーエリザベットが知っていたのは、茶色の素朴な色に、もっちりとしたアーモンド粉の風味がたっぷりきいたお菓子でした。そのおいしいお菓子を作ることは祈り以外に、二人ができる数少ないお礼のように思われました。

シスターたちはさっそく、召使いにアーモンドの粉を用意するようにお願いしました。そして粉が届くと、黒い袖をまくり、アーモンド粉を卵白と砂糖に混ぜ、こねました。そしてできあがった種を丁寧に麻布で包み、そっと食料保存室の棚の上に置きました。アーモンド粉を使った種は、暗くて涼しい場所で、少なくとも一週間は寝かせなくてはおいしいマカロンにならないのです。

「いったいどんなお菓子ができるのかしら」

ゴルマン氏もゴルマン氏の奥さまも楽しみにしています。

一週間後、しっかり寝かされた種が取り出され、再びこねられ、形をととのえられ、熱い焼き窯《がま》の中に入れられました。アーモンドが焼けるよいにおいが家じゅうに広がりました。

出来上がったマカロンは、コーヒーとともにデザートに食されました。お菓子は茶色で、ひびが割れたような焼き跡が残っていました。小さな小石のようなお菓子を口に入れると、かりっとした歯ごたえの後、もっちりとした口当たりで、甘いアーモンドが口の中に広がりました。そのおいしさときたら！

「なんとおいしいお菓子でしょう！」

家族のみなは、初めて食べるおいしさにびっくりして絶賛しました。ゴルマン氏と奥さまが喜ぶ様子を見て、シスターたちも喜びました。


シスター・マルグリットとシスター・マリーエリザベットは頼まれるままにおいしいマカロンをたびたび作ったので、たちまち、マカロンの噂《うわさ》がナンシーに広がりました。二人は、いつのまにか『マカロンの修道女さま』と呼ばれるようになりました。

その後、おいしいものが大好きなナンシーっ子たちは、それぞれのやり方でマカロンを焼くようになりました。マカロンはナンシーのあちこちで食べられるようになり、いつしかナンシーの名物になりました。

今でも、ナンシーっ子たちにはマカロンといえば、茶色の表面がひび割れ、中はもっちりしたアーモンドの焼き菓子を思い浮かべます。それは小さいころから食べ親しんだ、郷愁を誘う懐かしい味なのです。

ヴァイオリン弾きとおおかみ

か

しむかし、ある年の寒い冬、ヴォージュの小さな町に住む一人のヴァイオリン弾きが、少し離れた村の結婚式に呼ばれました。結婚式が終わり、ヴァイオリン弾きもお礼のお金をもらいました。たっぷり払ってもらったので、ヴァイオリン弾きはとても喜びました。これだけ気前のいい支払いは、なかなかないものです！　それから、とてもよく焼けて、表面がきつね色に輝いている、丸いブリオッシュのかたまりももらいました。バターと卵がたっぷり入った、ブリオッシュのおいしそうなそのにおいときたら！

ヴァイオリン弾きがうちに向かって出発したとき、あたりはすっかり暗くなっていました。それは一月だったので、日が落ちるのはとても早く、寒さもとてもきびしい時期でした。もう五週間も前から雪が積もり、大地は凍ったままでした。ヴァイオリン弾きは、ギシギシ鳴る硬い雪を踏みながら、急ぎました。左の腕にはきつね色にこんがり焼けたブリオッシュを、右の腕にはヴァイオリンが入った箱を、大切に抱えていました。

暗い夜道、聞こえるのは、自分の足音ばかりでした。けれど、突然、ヴァイオリン弾きは、後ろで、自分の足音ではない何かの物音を聞きました。ヴァイオリン弾きは、ぎょっとして後ろを振り返りました。木立の後ろに隠れるようについてきていたのは、大きな灰色のおおかみでした。おおかみはヴァイオリン弾きが一人でいるのを見つけ、後を追ってきたのです。この時期、おおかみは森の中に食べ物がなく、とてもお腹をすかせています。そんなおおかみに暗い森で、たった一人で出くわすほど、心細いことはありません。しかも、そのおおかみの足は大きく、がっしりしていました。ヴァイオリン弾きは、早く帰ることに一生懸命だったので、気がついたときには、おおかみは数歩離れた木の根元にせまっていました。大きな口をあけて飛びかかれば、あっという間にヴァイオリン弾きに嚙みつくこ

とができるでしょう……。おおかみは、じりっと前足を出しました。

ヴァイオリン弾きはとっさに手に持っていたブリオッシュをちぎって、遠くに投げました。おおかみは、ぱっと飛び上がると、ブリオッシュを追いかけました。そしておいしそうに、満足のうなり声を上げながら、飲み込みました。あっという間にブリオッシュを食べ終わると、またヴァイオリン弾きに、うなりながら近づこうとしました。ヴァイオリン弾きはしかたなく、もう一切れ、ブリオッシュを投げました。そして、もう一切れ……。

ヴァイオリン弾きは、最後のブリオッシュのかけらをおおかみに向かって投げました。そして、次は、どうしたものかと困り果てました。おおかみは、最後のかけらを飲み込み、ヴァイオリン弾きに飛びかかろうとしました。

とっさに、ヴァイオリン弾きは、今度は右手に持っていたヴァイオリンの箱を開け、ヴァイオリンを肩に乗せて、弾きはじめました。先ほど、結婚式で弾いたばかりなので、ヴァイオリンの音はちゃんと調節してありました。手はかじかんでいたけれど、ヴァイオリン弾きはもう必死で、結婚式で弾いたばかりの楽しい踊りの曲を弾きはじめました。静かな森に、突然ヴァイオリンが響きわたりました。ヴァイオリンが、勝手に歌をうたっているようでした。ヴァイオリン弾きも、自分も足を振り上げ踊りながら、弾き続けました。

驚いたおおかみは、足を止めました。ヴァイオリン弾きは、踊りに誘うかのように、おおかみに向かって歩きながら、ヴァイオリンを弾き続けました。おおかみは、聞いたことのない音と、急に自分に向かってくるヴァイオリン弾きに、恐れをなして、くるりと向きを変えて、一目散に森の中に逃げていきました。あとには、おおかみの残した黒い足跡だけが、点々と雪の中に続いているばかりでした。

ヴァイオリン弾きはおおかみが遠くに逃げて行ったのを見届けて、大急ぎでヴァイオリンを箱の中にしまいました。そしてヴァイオリンを小脇に抱えて、一目散にうちに帰っていきました。でも、このことを思い出すたびに、食べそこなったおいしそうなきつね色のブリオッシュを思い出して、悔しい思いをしたということですよ！

麦の穂

むかし

むかし、とてもむかしのことです。神さまが世界をおつくりになったころ、麦には根元からてっぺんまで、ぎっしりと穂がついていました。

ところがある日、人々の間で、絶え間なく争いが起こることに疲れ果てた神さまは、この大切な食べもの（つまり麦の穂のことですが）を、人間から取り上げようとお考えになりました。でも、そのとき一人の天使が言いました。

「神よ、それでは、罪のない動物たちがあまりにもかわいそうです」

そうです、麦の穂を食べるのは人間だけではありませんでした。たくさんの動物たちも麦の穂で命をつないでいたのです。そこで神さまは、麦の穂をすべて取り上げることをおやめになり、先っぽだけ残すことにされました。

だから、いまでも麦には、先っぽしか穂がついていないのです。

聖ニコラと三人の子ども

むかしむかし、ロレーヌにとても貧しい一家がありました。ある日、両親は三人の子どもたちを、畑に落穂を拾いに行かせました。落穂というのは、麦を刈った後、麦畑に落ちた麦の穂の残りのことです。そのころ、刈り入れのすんだ畑に残された落穂は、畑の持ち主ではなくても、貧しい人たちが拾って、自分のうちで食べても良いことになっていました。一家はとても貧しかったので、冬の間の食べ物の足しにするために、わずかな落穂でも、とても大切だったのです。

子どもたちは、親たちが貧しいことを知っていました。そして、落穂をたくさん拾って帰れば喜ぶだろうと思ったので、一生懸命になって、広い麦畑の中をあちこち麦の先っぽを探しては、歩き回りました。あんまり一生懸命だったので、秋の終わりの短い日が傾き、落ちはじめたのにも、誰も気がつきませんでした。

気がついたときには、太陽はとうに落ち、あたりは真っ暗になっていました。そして、あんまり暗かったので、子どもたちは家までどうやって帰ればいいのか、わからなくなりました。末の弟は泣きはじめました。

「心配することはないよ。明日の朝になって日が昇れば、すぐに道がわかって、うちに帰れるよ」

一番上のお兄さんが、二人の弟を元気づけるように言いました。

「でも、でも、もしかしたら怖いおおかみに食べられてしまうかもしれない。それに、すごく寒いよ」

上の弟も泣き出しそうになりながら言いました。

「じゃあ、どこか安全な場所を探して、みんなでくっついて夜を過ごそうよ」

兄は弟たちの手をとって、歩きはじめました。あまり暗かったので、どちらに行っていいのかわからないくらいでしたが、弟たちを励ますためにも、どんどん歩き続けました。しばらく歩くと、ゆるやかな丘の上にたどり着きました。丘の上からは、遠くに小さな明かりがいくつか見えました。

「しめた、あれを見てごらん！　きっと小さな村があって、誰かが住んでいるよ。あそこに、わけを話せば、今夜だけ、泊めてくれるにちがいないよ」

三人は、急に元気づいて、明かりに向かって走り出しました。

明かりに近づいてみると、そこはやはり小さな村で、いくつかのうちが連なっていました。兄は、最初にあった家の戸をたたきました。

「こんばんは。道に迷った子どもです。どうか今晩ひと晩だけ、台所のすみにでも泊めて下さい」

少しして、中から大きな男が戸口に出てきました。

「それはかわいそうに。さあ、中に入りなさい」

子どもたちは家の中に入りました。そこは肉屋のうちでした。大きな包丁や、肉を塩付けにするための樽がいくつも並んでいました。

「さあ、暖炉の前の椅子に座りなさい。いま少しだが、何か食べるものも用意してあげよう」

子どもたちは、大喜びでした。少しばかりのスープをもらって食べると、たくさん歩いて疲れきった子どもたちは、疑うこともなくぐっすりと眠り込んでしまいました。

真夜中、暖炉のそばで並んで、ぐっすり眠る子どもたちに、黒い影がこっそり近づきました。それは、手に大きな肉切り包丁を持った肉屋でした。肉屋は三人の子どもたちののどを、順番にあっという間に切って殺してしまいました。それから子どもたちを細切れにしました。それから、塩を振って樽の中に入れてしまったのです！　かわいそうに、小さな三人の子どもたちは肉屋に塩漬け肉にされてしまいました。

それから長い間、三人の子どもの親たちは子どもたちを一生懸命に探しました。でも、子どもたちの行方を聞いた人は誰もいませんでした。

三年が経ったとき、聖ニコラがこの小さな村を通りかかりました。そして、村の一番最初にあった肉屋のうちの戸をたたきました。

「肉屋よ。今晩ひと晩の宿を願いたい」

肉屋はすぐにそれが聖ニコラであるとわかりました。近くの村々で聖ニコラが通り、いくつかの奇跡をおこしていったと聞いていたからです。

「どうぞどうぞ、お入りください。聖ニコラさま。もちろん、お泊りになっていってください」

肉屋はもみ手をしながら、聖ニコラをうちに迎え入れました。わしにも何かいいものを出してもらわなきゃあ！

「聖ニコラさま、なにかお召し上がりになりますか？　小鹿のもも肉などいかがですか？　それともうさぎの丸焼きがよろしゅうございますか？　それとも丸々太ったこぶたのほうがお好きでいらっしゃいますか？」

「いや、わしはそこの樽の塩漬け肉がいただきたい」

聖ニコラは、子どもたちの塩漬けが入った樽を指差して言いました。肉屋はそれを見て、ぎょっとしました。

「で、でも、聖ニコラさま。こちらに新鮮な肉がたっぷりあります。なにも塩漬け肉など召し上がらなくても」

「いや、そこにある樽を、こちらに持ってきなさい。そして、その中におまえが隠しているものを見せなさい」

聖ニコラはきっぱりとおっしゃいました。肉屋はぶるぶると震えはじめました。顔は真っ青、脚もがくがくしてとても樽を持ってくることも、開けることもできません。聖ニコラは、それを見て静かに立ち上がりました。そして、自ら樽のほうへ行くと、樽に祝福を与え、ゆっくりとふたを開けました。すると、とたんに元気な子どもたちが次々と顔を出しました。生き生きとした頬は、ばら色に輝いていました。

一番上の兄が言いました。

「ああ、よく寝た！」

「ぼくもだ」

真ん中の子が言いました。

「なんだか天国にいたみたいだったよ」

末っ子が言いました。聖ニコラは三人が樽から出るのを助けました。

それからというもの、聖ニコラはロレーヌの子どもたちの守り神となりました。聖ニコラは毎年十二月六日の聖ニコラの日の夜、ロバの背中に乗って子どもたちにすてきな贈り物を持ってきます。ロレーヌの子どもたちは、その夜には、聖ニコラのために、その年にできたミラベル酒を一杯、そしてロバのためににんじんを用意して、暖炉のそばに置いておくのです。

グラウィリィ

これはむかしむかし、ロレーヌの地域にローマ人がやってきて、支配をはじめたころのはなしです。メスの街はローマ風にディヴォドリュムと呼ばれていました。そのころ、ディヴォドリュムでは、ローマ人たちが信じていたキリスト教は、まだあまり広まっていませんでした。何人かの立派なおぼうさんたちが、キリスト教を広めようと、ローマからやってきていました。でも、ディヴォドリュムの人々は、なかなかキリスト教を受け入れませんでした。ほかの街の人々は、いつかディヴォドリュムの街は、神さまの怒りに触れ、罰を受けるだろうと、噂《うわさ》をしました。

ある天気のよいお祭りの日、ディヴォドリュムの人々は、街の円形闘技場に集まっていました。お祭りの日、円形闘技場では、勇者たちの戦いがおこなわれ、人々はそれを見るのを楽しみにしていました。この当時、グラディアトールと呼ばれるとても強い剣闘士たちが、円形闘技場で戦いをしました。それはとてもおもしろい見せ物でした。とくに、ディヴォドリュムの人たちは、剣闘士たちのどちらかが死ぬまで戦う、とても恐ろしいものをとても喜び、楽しみました。

その日も、闘技場には、たくさんの人たちがつめかけ、いっぱいになっていました。美しく着飾ったご婦人たち、立派なだんなさん、ローマからやってきた兵士たち、それからディヴォドリュムの兵士たちもいました。人々は、今日は誰が試合に勝つのだろうと、にぎやかに話していました。闘技場は、席を探す人、席をもう陣取っている人たちで、ざわざわとしていました。剣闘士たちが入場し、闘技場はお気に入りの闘士を励まそうと、大きな歓声に包まれました。剣闘士たちがいまにも戦いを始めようと身構えたとき、空が急にかげり、暗くなりました。次の瞬間、空からとても大きな翼を持つ、見たこともない大きな怪物が闘技場に舞い降りてきました。

怪物は、鋭い爪がついている足を、闘技場の真ん中におろしました。どすん、という地響きが闘技場に響き、地面が揺れました。翼を持つ怪物の体は蛇のようでしたが、胴体はとても大きく、しっぽは長く、くねくねしていました。体にはがっちりと太い手足がついていて、それぞれに尖った爪がついていました。体中が鱗《うろこ》のようなものでおおわれていて、背中にはとげが並んでいました。長い首の先には頭があり、目はぎらぎらとしていました。大きな口は尖っていて、口の中は真っ赤でぎざぎざの歯がびっしり並んで生えていました。怪物が大きな口をあけると、あたたかく生臭い息がしました。人々は、あっけにとられて、

これはいったいなんだろうとまじまじと見ていましたが、怪物が食べるものを探そうと、足をどすんと踏み出し、目をぎょろぎょろさせ、口をかっと開くと、口々に悲鳴をあげて逃げ出しはじめました。

闘技場は、逃げ出そうとする人たちで、大騒ぎになりました。剣闘士が、剣を持って、怪物の足に切りかかろうとしました。怪物は、その剣闘士を足で踏みつぶし、ぱっくり飲み込んでしまいました。それから、逃げ遅れた人を見つけると、次々に飲み込みはじめました。闘技場に誰もいなくなると、怪物は大きな翼を広げて空を飛び、街の中へ食べ物を探しにやってきました。そして、逃げまどう人々を追いかけ、飲み込みました。人々が家の中へ逃げ込み、誰もいなくなったころ、怪物はお腹いっぱいになって満足したのか、もう一度翼を広げて飛び立ち、円形闘技場に帰ってくると、そこでまるくなり、いびきをかいて、寝はじめました。

けれども、翌朝になると、怪物は目を覚まし、また翼を広げて食べ物を探しに街にやってきました。そして人でも動物でも、食べられそうなものを見つけると、ぱっくり飲み込

んでしまいました。翌日も、そのまた翌日も、怪物は食べ物を探しに、ディヴォドリュムの街へやってきました。もう誰も、街を歩くことはできません。人々はこの怪物をグラウィリィと呼び、恐れました。街には、人の気配がなくなりました。あらゆるお店は戸を閉め、にぎやかだった売り子の声もなくなりました。忙しそうに休みなく働いていた職人たちも、親方の怒鳴り声もなくなり、みんな扉の向こうでひっそりと息をひそめました。こどもたちの遊び声もなくなりました。ディヴォドリュムの街は、夜も死んだように静まりかえりました。

街の人たちは、すっかり困ってしまいました。このままでは、買い物にも出かけられないし、仕事もできません。いつものように、街を歩くことすらできません。怪物グラウィリィをなんとかして追い出さなくては、ディヴォドリュムの街の外に逃げ出すことすらできないのです。街の人たちは、いろんなことをやってみました。牛や馬をグラウィリィに生贄《いけにえ》として、やってみました。けれども、人影を見ると、グラウィリィはやっぱり飲み込みました。何人かの強いおさむらいさんが剣と盾を持って、グラウィリィを倒そうと勇んで戦いに行きました。けれども、あっという間に踏みつぶされるか、飲み込まれるかどちらかでした。

ディヴォドリュムの人々は、もう新しい考えもなく、いったいどうしたものかと途方に暮れてしまいました。そのとき、誰かが言いました。

「ローマから来て、キリスト教というものを教えている聖者クレモンという人が、ディヴォドリュムにいるらしい。この人に怪物の退治を頼んでみてはどうだろう？」

人々はキリスト教というのが何かわかりませんでしたが、どちらにしても試せるものならなんでもやるしかなかったので、みんなで夜の闇にまぎれて、そうっと聖クレモンと呼ばれる人のところに行きました。

聖クレモンは街はずれの小さなうちに住んでいました。扉をたたくと、静かに開けて、街の人たちを迎え入れました。聖クレモンは白いひげのある、口数の少ない人物でした。ディヴォドリュムの人々が見たこともない、不思議な服を着ていました。それはキリスト教のおぼうさんの着る服で、首からはおぼうさんのしるしである帯がたれていました。服は質素でしたが、何とはなしに、威厳がありました。

聖クレモンは、街の人たちを見回し、ゆっくり口を開いて、いったい何の御用かと、たずねました。ディヴォドリュムの人たちは、挨拶もそこそこに、口々に、円形闘技場に棲《す》みついた恐ろしい怪物を退治してほしいと願いました。聖クレモンは最初、何も言わず街の人たちの話を聞いていましたが、聞き終わると静かに立ち上がりました。

「よろしい。わたしがその怪物を何とかいたしましょう」

聖クレモンは、夜明けを待ってうちを出ました。手には十字架を持っていました。まだ空は薄暗い時間でした。人々は、ぞろぞろと聖クレモンの後に続きました。けれども、聖クレモンが円形闘技場の中に入っていくと、人々は入り口の柱の影から様子を見ることにしました。聖クレモンは剣も持っていません。街の人たちには、この男に一体何ができるのだろう、と半分、疑うような気持ちもありました。

聖クレモンが闘技場に入っていったとき、怪物グラウィリィはまだ眠っていました。けれども、すぐ気配に気がついて、目を覚まし、頭をもたげました。そして、聖クレモンを見つけるとぎらぎらと目を光らせ、恐ろしいうなり声を上げ、それからすぐに飲み込もうと大きな口をあけました。けれども聖クレモンは、グラウィリィを見ても、恐れることなく、まっすぐグラウィリィの前までやってきました。そして、正面に立つと、手にした十字架を怪物の前にかかげ、

「しずまれ」

と、叫びました。不思議なことに、グラウィリィは急におとなしくなり、口を閉じて、首を低く前にたれました。聖クレモンは、グラウィリィにそっと近づくと、首にかけていたおぼうさんのしるしの帯をはずし、グラウィリィの首にかけました。グラウィリィはまるで鉄で作った鎖でつながれたようにおとなしくなりました。聖クレモンが帯のはしをとって進むと、グラウィリィはおとなしくあとについていきました。聖クレモンは、そのまま帯のはしをもって、鎖を引くようにグラウィリィを手引きして、円形闘技場の外に連れていきました。

聖クレモンは、すっかりおとなしくなったグラウィリィを連れて、街の道を歩きました。街の人たちは、うちの窓からこのようすを目を丸くして見ていました。街の人たちは、うちから飛び出し、聖クレモンとグラウィリィの後をついていきました。

聖クレモンは、そのままディヴォドリュムの街をぬけ、街から少し離れたところに流れていた川までグラウィリィを連れていきました。川岸に着くと、首にかけていた帯をはずして言いました。

「さあ、この川を渡りなさい。そして、二度とこの川をまたいで、こちら側に来てはならぬぞ」

と、言いました。グラウィリィは、言われるままにおとなしく川を渡り、向こう岸に着くと、振り返りもせずに翼を広げて空に飛び立ち、どこかに消えていってしまいました。ディヴォドリュムの人たちは大きな声を上げて、喜びました。

恐ろしい怪物グラウィリィが、ディヴォドリュムの街から出ていき、街の人たちは聖クレモンに心から感謝しました。そして次々にキリスト教に改宗しました。それから、ディヴォドリュムの人たちは、円形闘技場で剣闘士たちが死ぬまで戦う姿を見て喜ぶ、ということもなくなりました。

グラウィリィが立ち去った日は、次の年から記念日になり、街の人たちはグラウィリィの姿を真似た出し物を作り、街の大通りを練り歩いたということです。

おおかみへのお仕置き

むかしあるとき、フランボワの森に大きな、たいへん悪いおおかみがいて、フランボワの村の収穫を荒らしまわりました。

　フランボワの村人たちは、たいへん困り、わなを仕掛けて捕まえようとしました。でも、おおかみはとてもずるがしこかったので、なかなか捕まりませんでした。とうとう、村の中で一番頭のいい男が、何度も失敗したあと、やっとわなにかけて捕まえることに成功しました。

　村人たちは、捕まえたおおかみを前に、どうやって懲《こ》らしめてやったものかと、みんなで相談することにしました。今までさんざん収穫をだめにされたり、にわとりなどの家畜を殺されたりしたので、たっぷり懲らしめてやらなくてはいけません。村人たちは、それぞれ声を上げて言いました。

「耳を切り落としてやれ！」

「目をつぶしてやろう」

「それより生きたまま、皮を剝《は》いでやったらどうだろう？」

でも、一番年を取ったジャン・クロード爺さんは一歩前に進んで、静かにこう言いました。

「いや、もしわしじゃったら、こいつに嫁を取らせてやる。そうすれば、十分な懲らしめになるじゃろうから」


（フランボワの小話）

小石のスープ

これはおばあちゃんが小さな子どもにする、古いおはなしです。

むかし、一人の、とてもお腹をすかせた巡礼者が村を通りかかりました。巡礼者は村の家の戸をたたきました。中から大きなおかみさんが出てきました。

「お腹がすいているので、どうか食べ物を少し分けてください」

おかみさんは迷惑そうに眉をひそめました。

「できれば、食べ物を分けてあげたいんだけれどねぇ、ご覧のように貧乏暮らしで、あいにく何にもなくて」

おかみさんは冷ややかに答えました。巡礼者なんて物乞いと同じ。できれば来て欲しくないのです。

「食べ物をほんのぽっちりいただけたら、お礼にとてもおいしい小石のスープの作り方を教えてさしあげましょう」

巡礼者は言いました。

「なんですって？　小石のスープですって⁉　そんなの聞いたことがないわ。本当に石でスープができるの？」

おかみさんはびっくりして叫びました。

「そうですとも、小石で作るスープなんですよ」

「そりゃ、ぜひとも知りたいわ」

「では、わたしが作り方を言いますから、その通りにしてください。いいですか、まず大きな鍋を用意してください」

「待って待って！　鍋を出すからさ」

おかみさんは、大喜びで、いそいそと巡礼者を家の中に入れ、台所の椅子に座らせ、白分は鍋を取り出しました。

「では、まず鍋の底にモーゼル川から取ってきた、立派な小石を入れてください。入れる前に、よく洗うのを忘れずに。砂も落として、汚れがないように、きれいにしてください。それから、鍋にたっぷり水を入れてください。そうそう、それから鍋を火にかけます。湯がぐらぐらする間に、野菜にとりかかりましょう。おたくには、野菜のきれっぱしがありますか？　いえ、たくさんでなくても少々でいいのですが」

巡礼者は聞きました。

「あいにく、野菜もあんまりないんだけどねぇ」

おかみさんは言いながら、にんじんやかぶ、キャベツを少々出してきました。

「まあ、あるだけでいいですから、入れましょう」

巡礼者は野菜を手に取り、丁寧に洗って、沸騰した鍋の中に入れました、少しすると、いいにおいがしてきました。おかみさんは、わくわくしてきました。巡礼者は味見をして、首をかしげました。

「できれば、ねぎ、セロリ、ジャガイモなんかがあるといいですね。いろんな種類のものがあったほうが、すばらしい味になるのです。お宅の畑には何もないですか？」

「そういえば、畑にいくつか野菜を植えていたわね」

おかみさんは、さっそく裏の畑に行って、いくつか野菜をとってきました。野菜は十分、あったのです。

「すばらしい。ちゃんときれいに洗って、皮は剝いておきましょう。それから、暖炉の火でとろとろとゆっくり煮ます」

二人は野菜が煮えてくる間、旅の話をいろいろしたり、おかみさんの生活や村のこと、いろんな四方山《よもやま》話をしました。巡礼者はまたスープの味見をしました。

「あんまり贅沢は言いたくはないですが、もしめんどりか、塩漬けの豚肉なんかがあれば、さらにすばらしいスープになりますがね」

「そういえば、塩漬け肉の切れっぱしが少しあったかしら」

おかみさんはつぶやきながら、棚の奥から壺を出して、塩漬け肉を取り出し、巡礼者の言うように鍋に入れました。

「肉を入れたら、十分によい味が出るように、さらにとろとろとゆっくり煮るのですよ」

しばらくすると、暖かいおいしそうなにおいが家中に広がりました。巡礼者は、またふたを開けました。

「塩をもう少し入れたらさらにおいしいですね。庭のすみに月桂樹がありましたね。その葉も入れるとよい香りがしますよ」

もう家じゅうに、たまらないおいしそうなスープのにおいがただよっています。おかみさんも、いまかいまかと一緒に鍋の中をのぞいています。巡礼者はときどきひしゃくでかきまぜていましたが、突然叫びました。

「さあ、おいしくできましたよ！　お皿を持ってきてください。一緒に味見をしてみましょう」

スープはすばらしい味でした。おかみさんは早速、頼みもしないのに、二人分のお皿をテーブルに並べました。二人はたっぷり熱々のスープをお皿によそいました。ちょっと硬くなっているけれど、パンのかけらもありました。巡礼者は、それもちぎって、よそったスープの中に入れました。

「それで、小石はどうすればいいの？」

「小石ですって？　ああ、もう十分によい味を出してくれたのだから、もう取り出してください」

それから二人は、おいしいスープができたことにお互いに感謝し合いました。そして、何度もおかわりして、おいしいスープと楽しい話し相手を、心ゆくままに十分楽しんだということでした。

ミルクのつぼ

むかし、キリスト昇天祭のお祭りのとき、フランボワの村人は、ロレーヌ地方を治めていたスタニスラス王さまに、卵と、豚の肝臓と、豚の塩漬けのつぼ、それからミルクのつぼと、チーズのつぼを持っていくのが慣わしでした。

その年は、ジェリヴェビエのお館さまが、それらを王さまに持っていくことになっていました。けれども、お館さまは、そのときあいにくの病気で体を動かすことができませんでした。そこで、フランボワの村長さんが代わりに、何人かの村人たちとお城へ届けに行くことになりました。

「王さまのお城に着いたら、みんな、わたしの後ろにいなさいよ」

村長さんは、一緒にお城に着いた村人たちに言いました。村人たちは、手に手に卵を入れた籠や、豚の肝臓をのせたお皿、豚の塩漬けのたっぷり入ったつぼ、チーズの入ったたつぼなどを持っていました。村長さんは、ミルクのたっぷり入ったつぼを持っていました。

みんなお城になど行ったことがないので、そわそわどきどきしていました。

村人たちがお城に着いたのは、ちょうど正午の時間でした。お城に恐る恐る足を踏み入れた村人たちは、目を見張りました。ぴかぴかに磨かれたお城のなんと美しいこと。お城を行く人たちの、なんと美しく着飾っていること！　貴婦人の膨《ふく》らんだスカート、たくさんのリボンのついた袖《そで》！　ひらいた胸元の美しいこと！　貴人のぴったり足にはりついたタイツや、赤いチョッキ、そのうえに羽織った、美しい刺繍《ししゅう》の絹のマントにも村人たちはびっくりしました。


王さまは大広間でフランボワの村人を迎えることになりました。大広間は、きらびやかで信じられないほど美しく、両脇には着飾った立派な方々がたくさんいらっしゃいます。フランボワの村人たちは、急に怖くなってぶるぶると震えはじめました。村長さんはそれを見て、元気づけるように言いました。

「大広間に入ったら、みんなわしのやるとおりにすれば、なにも心配ないのじゃよ」

それから、村長さんは広間に足を入れ、ゆっくり歩きはじめました。村人たちも、続いて同じように広間に入っていきました。でも、大広間の床はつるつるに蠟《ろう》で磨き上げられていたので、村長さんは数歩も行かず、つるりとすべって、ひっくりかえってしまいました。持っていたミルクのつぼは、宙を舞い、それから床に落ちてガチャンと壊れ、ミルクがあたりに飛び散りました。それを見た村人たちも、村長さんを真似て、次々と、つるりと床をすべり、卵の籠や豚の肝臓、塩漬けをのせたお皿、チーズを入れたつぼを投げ飛ばして、割りました。あたりには、食べ物があちこちにまきらららされ、貴人たちのすてきな服も汚れてしまいました。

「なんと、やはりフランボワの村人たちは、どれをとっても同じようにまぬけじゃのう！」

王さまはそれを見て、大笑いして言いました。

それからフランボワの人たちには、長い間、献上ものの食べ物は王さまの目の前ですべってぶちまけることがお城の礼儀、と信じられていたということです。

（フランボワの小話）

ペルシャ兵とこぞう

これはむかし戦争（一八七〇年の）があったころのはなしです。ペルシャ兵たちが、フランボワの村に駐屯《ちゅうとん》していました。

あるとき、一人のペルシャ兵が村の広場にいました。そこにフランボワのこぞうが通りかかりました。こぞうはおばあさんのうちへ、チーズを取りに行く最中でした。ペルシャ兵はこぞうをからかって言いました。

「おい、こぞう。もしおまえが飛び上がったりしないで、おれの頭の上の軍帽をとることができたら、一ターレルやろう」

それはとてもできそうにありませんでした。だって、ペルシャ兵は二メートルもありそうな大男で、フランボワのこぞうはとても小さかったのです。こぞうは言い返しました。

「ああ、そうかい！　ぼくなら、あんたが腰をかがめずにぼくのお尻にキスしたら、百スーあげるんだけどね！」

ペルシャ兵は何も言わずに駐屯所に帰ったそうです。

（フランボワの小話）

（注　ペルシャ兵……ロレーヌの人たちはドイツ人のことをペルシャ兵と呼んでいた）
（注　ターレル……ドイツの旧銀貨）
（注　スー……フランスの旧硬貨）

ペルシャ兵と豚の脂身スープ

これはヴォージュ山脈のおばあちゃんが話してくれたおはなしです。一八七〇年、戦争が始まってペルシャ兵たちが、ロレーヌの村々にやってきました。村人たちは大騒ぎになりました。というのは、食いしん坊のペルシャ兵たちは、豚のように勝手に家に来て飲んだり食ったりするからです。兵たちは何人もいるし、とても大きい上に、立派な刀を持っているので、村人たちは怖くてどうすることもできません。

ある日、そんなペルシャ兵たちが、馬に乗ってアメリアのうちにやってきました。もちろん、ひっこんだ腹をふくらませるためです。ペルシャ兵の中でも、一番偉い兵隊は、そのとき、豚の脂身《あぶらみ》がたっぷり入った野菜スープを食べたい気分でした。そこで、アメリアを見つけると、

「娘！　脂身のたっぷり入ったおいしい野菜スープを、これからすぐに作れ！」

と、命令しました。かわいそうなアメリア！　貧乏なアメリアのうちには、かぶやジャガイモ、にんじんなどの野菜は何とかあったのですが、脂身など、家中ひっくり返してもありません。アメリアはぶるぶると震えました。

アメリアが震えながら野菜スープの支度をしているあいだ、ペルシャ兵たちは、担いできた袋を納屋にころがして、森に潜んでいるフランスの兵をやっつけに森に馬に乗って行ってしまいました。

アメリアは途方に暮れました。脂身がない野菜スープとわかったら、怒ったペルシャ兵に殺されるかもしれません。兵士たちの後姿を見ながら、アメリアは思いました。

（そうだ、もしかしたら、ペルシャ兵が残して行った袋に、肉のきれっぱしか何かあるかもしれない）

アメリアは、兵士たちの姿が見えなくなるのを確かめ、納屋にそっと入って、兵士たちが残した袋をのぞいてみました。するとどうでしょう！　ペルシャ兵たちはそれぞれの袋に、ひとつずつ脂身のかたまりをしのばせているではありませんか！

「これはきっと神さまのおはからいに違いないわ」

アメリアは神さまに感謝しながら、それぞれの脂身のかたまりを集めると、暖炉にかけた鍋の中に入れました。

スープがぐつぐつとおいしく煮あがってきたちょうどそのころ、ペルシャ兵たちも、アメリアの家に帰ってきました。ペルシャ兵たちの脂身のおかげで、スープはとてもおいしそうなにおいがしました。お腹をすかせたペルシャ兵たちは、さっそく野菜スープにとびつき、鍋の中のご馳走を最後の一滴まで、すっかり食べてしまいました。アメリアの分は少しも残っていませんでした。お腹一杯のペルシャ兵たちは、満足して、袋を担ぎ、また馬に乗り、アメリアにお礼も言わず、いばって行ってしまいました。

その夜、アメリアのうちから遠く離れた荒れ果てた納屋で、ペルシャ兵たちは足を止め、夜を過ごすことにしました。まだ夏は終っておらず、鼻歌が出るくらい暖かくて気持ちよい夜でした。ペルシャ兵たちは、アメリアのうちで十分に食べたので、食事もせずに、納屋で休むことにしました。そこで、それぞれは腰をおろし、袋をおろすと、袋の口をほどいて、脂身を探しました。一日中、馬に乗っていたので鞍の上で、お尻の皮がこすれて、すっかり痛くなっていました。袋の中の脂身は、痛みをやわらげるために、毎晩、騎馬兵たちがお尻に塗るためのものだったのです。けれども、ペルシャ兵たちが袋の中をひっくりかえしても、脂身はひとつもありません。兵士たちは、猫か犬かが盗んでいったのだろう、とがっかりして寝ました。翌日、兵士たちのお尻は、一日中、ひりひりと痛みました。

一方、アメリアもその晩、帰ってきた夫に昼の出来事をすっかり話しました。

「アメリア！　それは騎馬兵たちがお尻に塗る脂身だよ！」

アメリアの夫は、飛び上がって言いました。そして二人で心ゆくまで笑い転げた、ということです。

（注　ペルシャ兵……ロレーヌの人たちはドイツ人のことをペルシャ兵と呼んでいた）

ティフノーテン

かしロレーヌの田舎の村に一人の若いひつじ飼いが住んでいました。ひつじ飼いの仕事は、食べ物のある原っぱへとひつじの群れをあちこち連れて行って食事をさせ、めんどうをみてやることでした。

ある晴れた日の朝のこと、ひつじ飼いはいつものように朝早くから、新しい緑の草が生えている原っぱへとひつじを連れて行ってやりました。原っぱにたどり着くとひつじたちはメエメエと喜んで、草を食べはじめました。ひつじ飼いがちょうどいい石の上に腰を降ろし、ゆっくりと群れを眺めたとき、群れの中に見かけたことのない、白い牛がまじっているのにはじめて気がつきました。ひつじ飼いが近づいてみると、白い牛は尖った二本の角を持っていて、その角の先には、丸いパンが突き刺してあるのでした。パンを触ってみるとまだほかほかと暖かく、焼いたばかりのようでした。

「この立派な白い牛は、いったい誰のものだろう?」

ひつじ飼いは不思議に思いました。白い牛はおとなしく、毛並みもよく、ちゃんと手入れをされているようでした。

「ひつじの群れと一緒に草を食べさせて、めんどうをみてやってほしい、ということかもしれない。こうして角にパンを刺してあるのは、飼い主からのお礼の前払いということかもしれない」

ひつじ飼いは牛の背中をたたき安心させてやりました。それから、自分のひつじの群れと一緒に、牛のめんどうをみてやることにしました。

白い牛は一日中、ひつじの群れと一緒にいましたが、夜になり暗くなると、ぷいとどこかにいなくなってしまいました。ひつじ飼いはあたりを見回しましたが、飼い主のうちを見つけて勝手に帰って行ったのだろうと思い、そのままにしておきました。

けれども翌朝、夜明けに起き、ひつじを新しい原っぱに連れて行ってやったとき、ひつじ飼いは、また昨日の白い牛を見つけました。白い牛は昨日の朝と同じように、角に焼きたてのほかほかの湯気が立つ、やわらかいパンを突き刺していました。そして夜になると、またぷいと姿を消してしまいました。

三日目の朝、いつのまにか白い牛は、またひつじの群れの中に紛れ込んでいました。角にはいつものように焼きたてのパンが突き刺してあります。

「これはなんと不思議な！　いったいどういうことだろう？　こりゃあ、今夜、こいつがまたいなくなるときに、後をついていってみて、誰のしわざなのかはっきりさせなきゃなるまい」

ひつじ飼いは独り言を言いました。というのは、ひつじ飼いというのは、たいていいつもひとりでひつじの面倒をみているので、独り言も多いのです。

日が落ち、夜の帳《とばり》が降りるころ、ひつじ飼いは白い牛をじっと見張りました。そうすると、牛はふいっと頭の向きを変え、群れから離れはじめました。ひつじ飼いは、こっそり牛の後をつけていきました。牛は自分の帰る場所がちゃんとわかっているように、しばらくまっすぐ歩くと、大きな三つの岩の後ろに消えました。

「はて、こんなところにこんな大きな岩があったろうか？」

ひつじ飼いが岩の後ろへまわると、岩の間には大きなくぼみがありました。あたりにはほかに身を隠すところはありません。

「あの白い牛は、じゃあこの中に入ったのだろうか？」

ひつじ飼いは岩の間の穴をのぞきました。中は真っ暗でどこまで続いているのかもわかりません。ひつじ飼いはちょっと怖くなりましたが、白い牛の行方が気になって仕方なかったので、思いきってぽんっとその中に飛び込んでみました。

するとどうでしょう。次の瞬間、ひつじ飼いはきらきらとたくさんの明かりがつけられた、美しい大広間にころがりこんでいました。そこは、ティフノーテンという妖精たちのお城の入り口にある、大広間だったのです。お城の中にはたくさんの、美しい妖精たちがひらひらするすてきな着物を着て、すべるように歩き回っていました。妖精たちは、ひつじ飼いに気がつくと、

「まあ、わたしたちの白い牛のめんどうをみてくださったひつじ飼いの若者ですね。ようこそわたしたちのお城へおいでくださいました」

とやさしい笑顔を向け、ひつじ飼いの手を引き、ご馳走のあるテーブルへと招いてくれました。

妖精たちのご馳走は、ひつじ飼いが今まで一度も食べたことがないくらい、おいしいものでした。妖精たちは、ひつじ飼いにおいしいワインもついでくれました。テーブルに乗っているのは、白い牛がいつも角に突き刺してくる、あのおいしい焼き立てのパンでした。ひつじ飼いはおいしいごちそうと、美しい妖精たちにびっくりしながらも、おいしいごちそうに舌鼓《したつづ》みを打ちながら、すすめられるままに、次から次へと、お腹いっぱいに食べました。

最後に口の中でとろけるようなおいしいお菓子のかけらを食べ、もうこれ以上は食べられないとお腹をさすったころ、ひつじ飼いは急に、地上に残してきたひつじの群れが心配になりました。ひつじ飼いは、恐る恐る妖精に言いました。妖精というのは、たいへん意地悪なものもいるし、怒らせれば困ったまじないをかけることができる、とむかしの人たちは知っていたのです。

「あのう、今夜はどうも思いもかけぬご馳走にあずかり、大変ありがとうございました。でも、そろそろお暇《いとま》しなくてはいけません。上に残しているひつじが気がかりなもので……」

「ほほほ……、そうでしょうとも。おまえが真面目なひつじ飼いだからこそ、わたしたちは白い牛のめんどうをお願いしたのです。さあ、出口に案内いたしましょう」

妖精たちは若者を出口に連れて行きました。戸口に立つと、

「さあ、これはおみやげです。ポケットを開けてごらんなさい」

妖精の一人がスコップいっぱいの真っ赤に燃えた石炭を入れました。ひつじ飼いは火傷しないかとぎょっとしましたが、丁寧にお礼だけを言って戸口を出ました。後ろで戸がしまったとたん、あたりは真っ暗闇になり、ひつじ飼いは先ほどの三つの岩のそばに立っていました。

「おかしなこともあるものだなぁ」

ひつじ飼いは急ぎ足で、ひつじの群れのところに戻りました。ひつじたちが無事に静か

に眠りながら待っているのを見て、ひつじ飼いは安心しました。そして、さきほど妖精が入れてくれた真っ赤な石炭がどうなったのか、ポケットを開いてみました。中には、石炭のかわりに、金貨がぎっしりつまっていました。

ひつじ飼いは妖精のくれた金貨のおかげで、とてもお金持ちになりました。けれどもひつじ飼いの仕事もやめることなく、いつもひつじを連れて、丁寧に世話をしつづけたそうです。ただ、白い牛も妖精たちも二度と見ることはなく、あの三つの岩のあった場所も、どうしても見つけることができなかったそうです。

ロレーヌ地方の歴史

ロレーヌ地方はフランスの東北部にある、東京都の約十倍ほどの広さの地域です。ドイツやルクセンブルクとの国境もある、フランスの端っこにあります。モゼル県、ムルト・エ・モゼル県、ムーズ県、ヴォージュ県の四つの県がこの地方にあります。日本でも有名なジャンヌ・ダルク、お菓子のマドレーヌ、アールヌーボーで有名なエミール・ガレなどが、この地域で生まれました。

●ロレーヌの祖先たち

ロレーヌ地方の歴史はとても古く、すでに鉄器時代から人が住んでいました。その時代に住んでいたのは、ケルト人（ケルト人とは、中央アジアから馬と馬車や戦車など車輪つきの乗り物を使って渡来したインド・ヨーロッパ語族ケルト語派の民族）であったと考えられています。

その後、ロレーヌにはガリア人（ガリア人とはケルト人のなかでもガリア地方に住む人々の呼び方。ガリア地方は、現在のフランス、ベルギー、オランダ、スイス、ドイツの一部を指していた）が住むようになりました。紀元前一世紀になると、シーザー（ユリウス・カエサル）が率いるローマ帝国がロレーヌを制圧し、ロレーヌはローマ人によって支配されるようになりました。

ローマ帝国の力が弱くなると、フランク人（フランク人とは、ゲルマン民族の一族。ゲルマン民族とは、現在のドイツ北部、デンマーク、スカンジナビア南部に住んでいたインドヨーロッパ語族の諸部族、民族）がロレーヌを支配しました。

●ロレーヌ公国ができるまで

混沌とした中世ヨーロッパを統一したのは、フランクの偉大な王、シャルルマーニュ（ドイツ語読みではカール一世）でした。そのシャルルマーニュの後を継いだのは、息子のルイ一世（ルートヴィヒ一世）でした。ルイ一世はフランクの伝統に従い、領土を分割して三人の子どもに与えました。ロレーヌ地方を継いだのは次男のロタール一世でしたが、その後さらに分割され、ロタール一世の次男ロタール二世に受け継がれました。ロタール二世に継がれたこの王国はロタールの領地、つまりロタリンギアと呼ばれるようになりました。ロレーヌという呼び方（またはドイツ語読みでロートリンゲン）は、このロタリンギアが由来となっています。

ロタール二世の死後、ロタリンギアには正式な王様がいなくなり、ドイツ王ハインリヒ一世によって支配されます。その息子オットー一世（神聖ローマ帝国の初代王）の時代の十世紀、ロタリンギアはさらに南北に分割され、南部分は、ロレーヌ公国と呼ばれるようになりました。

●フランスとドイツの間で

十三世紀まで、ロレーヌは神聖ローマ帝国の支配下にありました。しかし、十四世紀になって、フランス王はさらに勢力をのばし、ロレーヌを支配したいと望むようになりました。長い長い戦いや策謀が続きましたが、最終的にロレーヌ地方がフランスの領土となったのは、やっと十八世紀になってからでした。フランス王、ルイ十五世が、ロレーヌを治めていたスタニスラス公爵《こうしゃく》の娘、マリー・レクチンスカと結婚し、ロレーヌはやっとフランスの領土の一部となったのでした。

けれどもその後、十九世紀、二十世紀になると、ロレーヌは再びドイツとフランスの間で領土権を争われることになりました。一八七〇年の普仏《ふふつ》戦争では、フランスはロレーヌを失いました。しかし、第一次世界大戦、第二次世界大戦では、再びドイツから取り返し、ロレーヌはフランスの領土となり、今に至るのです。

このように千年以上の間、ロレーヌは、ドイツとフランスの間で、支配権を争われてきました。そのため、ロレーヌは、フランスの中でも、ある意味、独特な地方性と文化をもつ地域となったのです。

あとがき

ロレーヌ地方の主要都市ナンシーは私が、フランス南部の都市トゥールーズに引き続いて、数年を過ごした場所です。その後、レユニオン島に引っ越したのちも、何度もこの地を訪れましたが、そのたびに、地方のあちこちにまだ色濃く残っている伝統を一冊の本の形にしたい、という思いを募らせていました。

ロレーヌには、フランスの中でも寒い地方ならではのたくさんの伝統があります。春の野原でのタンポポ狩り、イースター、五月の森でのスズラン狩り、秋のキノコ狩り、十一月一日のツーサン（全聖人の日）のお墓参り、十二月のクリスマス前のサン・ニコラ祭。四季折々に楽しむ、伝統的なお祭りと伝統的な料理は、外国人の私にとっては貴重で面白いものでした。時間をかけて作った料理とともに、お祭りにまつわるおはなしを、おばあちゃまたちの世代から聞くのは、とても楽しい時間です。

でもこうした伝統的なお祭りにつたわる料理やそれにまつわるお話やむかしばなしは、ロレーヌ地方で育った友人たちでさえ知らないものが多いのです。なにかと忙しい現代は、ゆったり座って過去の話を聞くという作業が失われつつあります。消えゆく世代の話を聞き、つないでいくのは、次に生きる私たちの大切な役割ではないかと思います。

けれども、本にしたい、と思いついてから、あっという間に数年がたってしまいました。アイディアを一冊の『本』という形にまとめるという作業が長くかかるものだとしても、予想以上に長い期間になってしまいました。

絵やむかしばなしの選択、これでいいのか、と自問自答し迷っているうちに、時間がどんどんたってしまいました。

また、ロレーヌの歴史を理解するのにも時間がかかりました。小さな地域とはいえ、ロレーヌは西ヨーロッパの陸続きの大陸の中心にあって、いくつもの民族や部族の移動の途中にありました。古くは、ケルト人やガリア人、ローマ人、フランク人がこのロレーヌの地を通り過ぎ、その足跡を残していきました。そしてロレーヌは隣のアルザス地方とともに、中世以降も、ドイツとフランスの間で長く激しく争われてきた土地でした。そのため、ロレーヌの歴史を紐解いてみると、ヨーロッパ全体の、列強の諸国、そして人間たちの歴史を垣間見ることができます。

人々は争いを繰り返し、なんとかこのモザイクのようなヨーロッパという地域を治めようとしてきました。その力の応酬のなかで、人々は交流し、豊かな文化を築いてきました。この地方の歴史や人々の暮らしを調べるほど、人間はなんてたくましく、時に残酷で、そして豊かであるのかと、感動します。(そう思ってフランスの友人たちの顔を見ると、その中にヨーロッパの歴史が詰まっているようで、なんだか感慨深くなってしまいます。)

文化というのは、何がきっかけで花開くのでしょう。経済であるとか、戦争であるとか、いろんな答えがあるのでしょうが、最終的には、人と人との交流、そして少しでも生活を豊かにしよう、美しく過ごしやすくしよう、という人の本能ではないかと思います。豊かさというのは、生を営む淡々とした生活の中に、何かに感動して人間らしい喜びを見出すことではないかと思います。

私たちの生きている時代は、なんとなく過去と断絶されているような錯覚をしがちですが、今までの、祖先が生きてきた時代すべてがあってこそ、私たちは今の時代を生きていくことができます。過去の歴史すべての恩恵をうけて、今の私たちの生活があります。今の生活の基盤を知り、さらに人々が平和に、そして豊かに発展していくためにも、私たちが歴史、語り継がれてきたことを知っていくことは、大切なことではないかと思います。人類が存在する限り、私たちは進化し、変化していくのでしょうが、さらによりよい変化を成し遂げていくためにも、過去、つまり、私たちの祖先の生き方や知恵から学び取っていく謙虚さも大切ではないかと思うのです。ヨーロッパのひとつの国のひとつの地域の話は、私たち日本人にはあまり関係がないようにも思えますが、文明開化以来、私たちは思う以上に西欧諸国の影響を受けており、生活スタイル、食べ物や子どもの読み物など、そのルーツを探るのは面白い作業でもあります。

かつて、字を読むことが一部の特権階級にしかできなかったころ、私たちの祖先は、むかしばなし、という口伝えの形で過去の知恵や歴史を後世に語り継いできました。むかしばなしとして、こうして話し伝えられてきた数々の語りの中には、その土地の知恵や歴史が盛り込まれています。

むかしばなしは平易な言葉で語られていますが、その実、奥が深く、読むたびに、新しい発見をすることができます。子どものころ、ストーリーだけを追って楽しんでいたむかしばなしも、大人になって再び読むと、その根底にある深い教えに気づくこともよくあります。年齢を問わずに楽しめる、それもむかしばなしの面白さだと思います。

最後になりましたが、本書ができるまでに尽力してくださった皆様に心から感謝します。本を出版する許可を下さった論創社の森下紀夫社長、ありがとうございます。

この本は、企画からすべてにわたって辛抱強くアドバイスを下さり続けた編集者の誉田英範さんがいなければぜったいに実現しませんでした。なんども校正し、なかなか出来上がらない原稿も待ってくださった誉田さん、心から感謝します。このたびもセンスよく装丁してくださった野村浩さんに心から感謝します。出版に際して、いつも変わらず陰日なたで応援してくださり続け、励ましてくださる重松和江さん、本当にありがとうございます。

このたび、本に盛り込むことになったレシピの手直しをしてくれ、実際に作って日本でも調理可能か確認してくれた杉山直美さん、ありがとうございます。

今回もアイディアから実際に『本』という形にするまでに、たくさんの方々の暖かい応援がありました。勝牧子さん、鶴崎清美さん、ありがとうございます。素敵なプロフィールの写真を撮ってくださった次屋妙子さん、ありがとうございました。

そして拙ブログ『インド洋に浮かぶフランス、レユニオン島』を通じて知り合いになった方々、作品展に来てくださった皆様、新刊はいつかと気にかけてくださった方々、本当にありがとうございます。

そして、いつも支えてくれた家族に心から感謝します。

最後にこの本を手に取ってくださった皆様に心からの感謝を込めて。

二〇一九年五月　レユニオン島にて

川崎奈月

参考文献

CHBOISSIER Daniel, « Encyclopédie des spécialité pâtissières Tome I La Lorraine », ed. Jérome Villette, 2005

CHEFSON Christiane , « Les recettes lorraines de Tante BERTILLE », ed. Ouest-France, 2007

COSQUIN Emmanuel, « Contes de Lorraine », ed. Ouest-France, 2012

DALGER Martine, « Le pain en Lorraine Histoire, et coutumes, fabrications, recettes… » ed. Gérard Louis, 2005

DUBOUEGE Daniel, « Contes e légendes de Meurthe et Moselle », ed. De Barée, 2011

FISCHBACH Bernard, « Contes, légendes et récits du massif vosgien » , ed. Alan Sutton, 2010

GEORGE Jean-Claude, « Contes et légendes de la Meuse », ed. De Barée, 2009 LANHER Jean, « Les contes de Fraimbois », ed. Presses universitaires du Nancy, 1989

LAZZARINI Nicole , « Contes et légendes de Lorraine », ed.Ouest-France, 2005.

MAUDHUY Roger, « Contes, légendes et croyances des vosges », ed. Place Stanislas, 2003

MAUDHUY Roger, « Contes des pays lorrains », ed. Lucien Souny, 2008

MORETTE Jean, « Contes de Lorraine », ed. Républicain Lorraine, 1979

SAUVE Léopold-François, « Folklore des vosges , sorcelleries, croyances et coutumes polulaires », ed. Jean-Pierre Gyss, 1984

« Contes et légendes de nos provinces » Sélection du Reader's digest 2003

« Lorraine », ed. Guides Gallimard

川崎奈月（かわさき なつき）

岡山県笠岡市生まれ。1998年、留学のため渡仏。トゥールーズを経て、フランス東北部、ナンシー大学にて法学修士取得。2003年よりフランス海外県レユニオン島、レユニオン大学にて非常勤講師研究員として移住。以後、日本、レユニオン島、フランス本土を往復する生活。結婚、出産を機に退職 。それ以来、小さいころから好きだった絵を再び描き始め、作品展を多数開催。同時にゆかりのある各地のむかしばなしを集め、現地の生活とともに本として紹介している。現在はレユニオン大学、高校にて日本語講師。サン・ドニ裁判所認定法定翻訳家。著書に『バオバブのお嫁さま』、『カメレオンと森の怪物』（ともに論創社より出版）など。

http://www.natsukikawasaki.com

ラ・メ湖のヴァイオリン弾き
フランス・ロレーヌ地方のむかしばなし

二〇一九年七月二七日　初版第一刷印刷
二〇一九年八月　七　日　初版第一刷発行

編訳・絵　川崎奈月
装　丁　野村　浩　N/T WORKS
発行者　森下紀夫
発行所　論創社
東京都千代田区神田神保町二－二三　北井ビル
電話〇三－三二六四－五二五四　FAX〇三－三二六四－五二三二
振替口座〇〇一六〇－一－一五五二六六
印刷・製本　中央精版印刷
ISBN978-4-8460-1808-5　